Historias de Catalina Park

Francisco Javier Gómez Gutierre

Published by Francisco Javier Gómez Gutierre, 2018.

This is a work of fiction. Similarities to real people, places, or events are entirely coincidental.

HISTORIAS DE CATALINA PARK

First edition. January 29, 2018.

Copyright © 2018 Francisco Javier Gómez Gutierre.

ISBN: 978-8461498314

Written by Francisco Javier Gómez Gutierre.

HISTORIAS
DE
CATALINA PARK

HISTORIAS DE CATALINA PARK

Javier Gómez Gutierre

PRÓLOGO

En los años 70, cuando el autor de estas modestas páginas llegó al Parque de Santa Catalina como un dibujante más de retratos y caricaturas de los muchos que vinieron atraídos por la ola de prosperidad, se sorprendió al ver la variedad y riqueza humana que en él se respiraba. Tras la lectura de la novela *Catalina Park*, de Orlando Hernández, y las *Historias del Puerto de la Luz*, de Leandro Perdomo, donde aparecen personajes populares del pasado inmediato como el Ratón, el Mandarria, el artesano Maestro Pepe, Luciano y tantos otros, me surgió la idea de escribir sobre la vida y milagros de algunos personajes que, por una causa u otra, destacaban sobre la masa anónima de turistas, marineros y nativos. Desde la década de los sesenta hasta los noventa, el Parque de Santa Catalina, en el Puerto de la Luz de Las Palmas de Gran Canaria, fue un enclave turístico de referencia donde se bebía y se trasnochaba hasta que los primeros rayos del sol anunciaban la llegada de un nuevo día.

La pujanza de este puerto franco, con su variedad de mercancías y oferta de precios bicoca, junto con la inviabilidad del Canal de Suez que coadyuvaba al obligado abastecimiento de barcos en el Puerto de La Luz, la sociedad del bienestar, la expansión del movimiento *hippie* y la contracultura, el Mayo del 68, la píldora y la liberación sexual de la mujer caracterizaron un momento optimista y alegre del siglo pasado que se reflejó en un espacio urbano de terrazas al aire libre en pleno invierno al lado del mar. Allí se encontraron en lúdica armonía los turistas y nativos, los burgueses y pícaros, comerciantes africanos y marineros de todos los mares, rubias escandinavas y africanas de ébano, *playboys* y homosexuales, buscavidas, artistas, músicos y pintores callejeros que podrían tener un referente cultural parecido al del mítico zoco de Marrakech, la Rambla de las Flores de Barcelona o el antiguo Montmartre de París.

El autor de estas modestas páginas pretende rescatar y evocar el espíritu del Catalina Park y de la época, ayudándose de modismos canarios, expresiones chelis de entonces y términos de la calle y del caló de siempre.

El autor

Nota:

Debido a la gran cantidad de palabras inexistentes, bien sean simples o compuestas, que aparecen en el texto, muchas de ellas tratando de reproducir el habla concreta de la zona donde se desarrollan los hechos, con la pronunciación real, se ha optado por presentarlas sin entrecomillado y con el mismo cuerpo de letra, para facilitar la lectura. El lector las identificará enseguida, sin ninguna dificultad.

EL LIMPIABOTAS NO TIENE QUIEN LE ESCRIBA

PEPE, EL LIMPIABOTAS de la terraza del Guanche, la primera viniendo desde la calle Albareda, se consideraba la memoria viva del Catalina Park de todo el siglo veinte, y a los que mostraban interés les enseñaba un puñado de blocs viejos y les contaba:

—Como fui poco al colegio, escribo con faltas y no muy buena letra, pero en estas carpetillas tengo escritas un montón de cosas que pasaron aquí...; algunas son de risa y otras de llorar, historias verdaderas de marineros, tragedias que hubo, sí señor, de cuando la guerra y de antes y después. Si le dijera lo contrario le estaría engañando, yo creo que hay para unas cuantas novelas, de cosas *pasás*, de verdad de la *güena*, no fantasías ni inventos, o sea historia auténtica, vamos...

Pepe, como el Pijoaparte de la novela de Juan Marsé, se juntaba poco con la gente de su gremio, que no bajaban de medio centenar en los esplendorosos años setenta. Tenía aficiones, modales y empaque de señor. O al menos lo intentaba, igual que hay señores castizos que se expresan, con mucha clase, a lo limpiabotas. Muy peinado para atrás al estilo Gainza —el gran extremo del atlético de Bilbao de los años 40—, siempre con americana y pantalón recién planchado, solo la pata de palo le daba un aire de caballero mutilado por la patria o de pirata de Joaquín Sabina.

Pepe, natural de la isla con nombre de caballero de la Tabla Redonda —Lanzarote— se afincó de chinijo[1] en La Isleta con su familia y, a no mucho, le aconteció la desgracia que determinó su vida. Se rumoreaba que, como pibito[2] travieso, se colgaba de la guagua[3] con sus colegas y en una de esas le llevó una pierna por delante. Aquello marcó, quizá, su destino como modesto limpiabotas, aunque su firme voluntad de superación hizo de él un nadador fuera de serie, un adelantado de David Meca, cruzando repetidamente las aguas del puerto por las mayores distancias, sin temor al gasoil y nadando en mar abierto más allá de la barra de Las Canteras, proezas que le valieron ser un precursor de los hoy llamados deportistas minusválidos.

Ávido por corretear mundo, se aventuró a colarse de polizón en los buques, lo que le llevó a conocer Asia, África y América sin apenas recursos. La primera vez se subió a un buque de carga y pasaje que hacía la línea Las Palmas-Cádiz:

—Allí preso fui a acabar. Preso, sí señor, mas me vieron un pibe[4] sin malicia y me soltaron pronto. Como estaban de carnavales me lo pasé de buten, no veas cómo se lo montaban los de las chirigotas, cómo se metían con la autoridad, con los ricos y los pobres, con las autoridades, con el clero y con los hombres y las mujeres, que le sacaban punta a todo.

Regresó como había ido —sin tarjeta de embarque— y, ya con el gusanillo de la aventura, en sucesivos periplos llegó hasta Senegal, Brasil y el Extremo Oriente. Nacido en la primera década del siglo XX, y con una vida entera en el Parque, conocía como nadie la memoria histórica de este:

—Yo he conocido el Parque con un estanque lleno de patos, donde algunos mataperros se comieron a más de uno, y no veas tú cuando la Primera Guerra Mundial...

—No me diga usted que se acuerda de todo —dice su interlocutor.

—Me acuerdo como si fuera ayer mismo. ¡Ay, los bisnes que se hacían aquí! Todo eso lo he vivido yo, y quien dice yo dice también otros de mi edad, solo que, en mi caso, no me moví del Parque en setenta años, sin contar los viajes.

—Bueno, hombre, que usted no es el único que anduvo por aquí.

—Eso es verdad, pero es que por mi oficio hablo con los clientes y los forasteros que me preguntan y estoy *enseñao* a contarles cosas mientras les lustro, lo mismito que ahora con usted. O sea, que la misma cosa igual la he *contao* muchas veces.

Inclinando la cabeza a un lado, Pepe hace una pausa. Después mira a su alrededor y continúa:

—Qué le voy a decir, cristiano, me lo sé de carrerilla, aparte de tenerlo escrito. Además, no es hablar por hablar. Un lustrabotas se queda con cosas de las que no se entera el personal. Me acuerdo cuando la gripe del dieciocho, que vino con los barcos que traían igual lo bueno que lo malo. Gripe potenciada por la necesidad, ya que no atracaban tantos buques con víveres como antes, pues informaba la prensa que buena parte de la munición de boca se la zampaban los millones de soldaditos movilizados y, claro, se dispararon los precios que *pa* qué, lo que llamaban la carestía, que yo lo notaba en que limpiaba la mitad de *calzao* que antes. En cambio, cuando vino Primo de Rivera, la cosa fue *parriba* otra vez, ya se movía el dinero y no faltaba el empleo, lo que me permitió casarme. Sí señor, en el asunto mío si la cosa marcha o no se nota enseguida como cuando vino la República que no se cabía aquí, solo que la ilusión que había era lo más grande que se ha visto, ¡y ya ve cómo acabó! Así que a mí, aunque no tengo ni idea de política, me gusta el orden y que manden los que saben.

—Pero, hombre, yo creí que usted sería como suelen ser en Madrid los limpias, más bien de izquierdas.

—Pues yo ni de izquierdas ni de derechas, solo que *pa* trabajar y tratar prefiero señores de verdad, que saben respetar y pagar bien el trabajo. Soy realista y recuerdo lo que fue la Guerra Civil, y no digamos después la posguerra; como quien dice, ayer. Menudo jilorio[5] pasamos..., anda que no comí yo algarrobas, higos picos, plátanos y gofio de cualquier cosa. ¡Y que no faltara! Limpiaba los zapatos a cambulloneros[6], que igual me salvaban el día, y mira que no los hubo famosos, que si no es por el cambullón se muere media isla de desnutrición. O sea, que es verdad que a los cambulloneros había que hacerles un monumento.

—Vaya que sí, hombre.

—Si no hubiera sido por el trueque, las pacotillas y tanto cambalache con los chonis[7]..., ¿de qué hubiera podido yo tomar leche condensada, mi niño? Aquí se hacían trueques en un santiamén: mantequilla holandesa, caviar ruso, café de Brasil se cambiaban por jiñeras[8] llenas de alpispas[9] tintadas de amarillo pasándolas por pájaros canarios, pues la cuestión era comer caliente y quitarse de momento el jilorio, compadre. Hablando de pájaros, recuerdo la cantidad de fotógrafos de los de: ¡Mira, que va a salir el pajarito! Guardaba en la memoria la lista de fotógrafos callejeros, de al minuto, metidos bajo la falda del trípode, retratando al soldado y a la niñera, al rocote[10] con la putilla o al grupo de compadres metidos en tenderete... y gustaba de evocarlos.

—Yo conocí y traté mucho a uno que vino de charlatán de los buenos que luego, como fotógrafo en el Parque, subió tanto, tanto, que acabó con un estudio de esos de primera, de categoría, en una calle principal:

—Le decían Capellanes El Sevillano, y el tío había sido de todo: torero, cantaor, anarquista, naturista, vegetariano, abstemio de esos que no se hincan ni un pisco de nada de alcohol y, sobre todo, número uno como charlatán. Yo le lustré mucho las botas y le tuve amistad.

Según Pepe, de unos cuantos que brillaron con su elocuencia, vendiendo humo e ilusión en los años oscuros del estraperlo, la carestía y el hambre, casi todos con apicarado acento sevillano, ninguno como Capellanes. Hombre de mucha labia y martingala, se curraba los registros de lo que en la jerga del oficio les decían la subasta, el turrón y la confianza o haciendo la guindalera —pescar el dinero de los totorotas [11] dando carrete como a los peces—. Contaba también de los que se hicieron con buenos monis vendiendo cortacristales irresistibles, exprimidoras de importación, relojes de cambulloneros, dos al precio de uno, de señora y de caballero. O cuando vino la avicultura moderna y la demanda de pollitas de un día para las incipientes granjas y los maúros[12] con inquietudes... ¡Cómo se vendían, como agua, pollitos por pollitas tres veces más caras! Eso sí, levantando de rebote para Tenerife.

Variopinta quincalla, mantas inglesas, menajes de cocina con demostración vendían los charlatanes a tutiplén con el viejo engodo de los duros a peseta. Estos feriantes de la posguerra venían caninos huyendo del extremado jilorio de Andalucía, sabedores de que el puerto franco y el cambullón aliviaban un poquito los rigores del racionamiento.

Se mudaban como los comediantes de isla en isla cuando ya muy vistos. Sin embargo, algún estudio fotográfico y más de un comercio tuvieron su origen en la plusvalía generada por los pollitos travestidos en pollitas o los lotes de cecina de burro liquidados como jamón de Extremadura, las pulseras curativas que solo curaban el bolsillo del vendedor o los crecepelos que solo hacían crecer los billetes en la pelleja del mercachifle. Narraba Pepe:

—A todos los géneros caducados o pasados de demanda o apolillados en los almacenes de los fabricantes y mayoristas les sabían exprimir bien el provecho los sevillanos, solo con el cuento de predicar mucho y dar poco. Mucha labia es lo que tenían, y si no, daban la negra[13] al fabricante, lo que ellos llamaban al uso peninsular «el nazareno».

Su época dorada duró hasta finales de los 50, cuando el personal empezó a pasar de prestar oídos con la boca abierta el palique de:

«Distinguido público, aquí tienen la medalla de la Virgen del Pino en su camarín. El que la lleve con fe, no digo que le toque la lotería del Niño, pero los veinte iguales de fijo. Como Judas vendió a Nuestro Señor por un puñado de monedas, yo voy a vender la medalla de su Madre, lo *mejó der mundo*, no por treinta dineros, ni por veinte, ni por diez ni por ocho: la medalla milagrosa de la Virgen del Pino con su cadena de oro alemán por un duro, qué digo, por cuatro *pezeta de ná*».

—¿La van a despreciar por cuatro míseras *pezeta*? —pregunta Pepe imitando al charlatán—. ¿Hay quien la quiera, hay quien le camele? Una para aquel señor —el compinche tanga[14]—, otra para el caballero, esta para aquella señora, otra para el mozo —otro tanga—, esta para el sacerdote y a usted, señor pobre —otro tanga—, le doy la cadena, la medalla y cincuenta pesetas por un duro, y usted se queda sin esa bicoca porque no tiene ni una perra gorda...; y ustedes, caballeros, a los que sí tienen duros en la cartera, ¿qué mejor regalo para su señora? Llegáis a casa y os recibe de morros: «Te fuiste *pa* un día y güerves a la semana y con purgaciones, palanquín[15], sinvergüenza, laja[16]». Pero vosotros le tapáis la boca: «Calla, bobilina, que te traigo un presente...», y rápido le ponéis la medalla de la Virgen al pescuezo y capeáis el temporal.

—Cuando yo me casé —remedaba Pepe al charlatán— me camelaba mi señora más que ninguna. Ahorita está con baña[17] y fea, tanto como yo, que ya es decir, pero como soy muy católico, apostólico romano y encima no me dejan cambiarla por otra, pues me jodo y me aguanto. Aprovechen que me quedan solo unas cuantas. Se lo digo de verdá, de la veri, aunque llevo la tira de años viviendo como Dios, der cuento, como los descendientes de Calleja, que viven de los derechos de autor de los cuentos de su abuelito: otra por allí, otra por acá, tome las vueltas y adiós..., a Dios padre se le da un disgusto vendiendo a este precio, o sea regalando...

Todos los sermones de los predicadores se los sabía y los contaba Pepe imitando un algo la voz y el estilo de los artistas del cuento y la palabra, si es que había alguien dispuesto a escuchar la retahíla de sus muchas historias.

Pero según Pepe, aquel espectáculo callejero se fue acabando:

—La gente a finales de los 50 dejó de hacer corro a los charlatanes que, lo que son las cosas, acabaron de objetivo fotográfico.

—Yo creo que usted, Pepe, exagera un poco, que charlatanes aún quedan por esos mercadillos de Dios.

—Lo que yo le diga. A los chonis, que cada día eran más y más, ahora les daba por retratarlos subidos en su templete de madera —el púlpito que decía el Capellanes—, también retrataban a la Chicha, medio animera, con los ojos vendados, que se dejaba caer de tiempo en tiempo y adivinaba por una ayudita cómo les iba de bien a los familiares en Venezuela, al médico yerbero curandero que venía de Santa Cruz y tenía don, a truquistas, algún faquir de esos que se jalan el fuego, o saltimbanquis, o talmente titiriteros de esos que les decían cristobitas.

En cambio el público nativo, según Pepe, si se arrimaban al corro de las turistas no eran otra cosa que ruines raberos[18] buscando restregarse con las suecas; dándose incluso los carteristas rabinos, que desviaban la atención de la turista con el roce sexual para limpiarle el bolso, o los rabinos de nórdicos rubios y despistados, que hay gente para todo.

A otros haraganes que antes mataban un rato escuchando al charlatán, nuevo en esta plaza, les dio por irse a la playa a alegrar el ojo, cuando no a la cama con las nórdicas en biquini.

Entonces, según nuestro cronista, el Parque pasó del fotógrafo del pajarito a los miles y miles de turistas con cámara, retratadores y compradores de todo en los cientos de bazares indios que llegó a haber.

Fue un estallido de exuberancia, un cambio radical. Se multiplicaron las mesas de las terrazas del Derby, el Río, el Central, el Casablanca, el Guanche... en todo el espacio aprovechable, siempre concurrido, pues también se multiplicó en extremo la afluencia de marineros, japoneses, coreanos, chinos, rusos, nórdicos, de todo el globo...

Sensibles al rumor de que en el Puerto de Gran Canaria corría el dinero, numerosos pintores de París dejaron la lluvia y el frío de Montmartre para lucrarse al sol subtropical y a ellos se sumaron los pioneros celtíberos del pincel. A todos los tenía catalogados Pepe en sus notas de narrador silvestre. Destacaba un francés, de mucho carnaje[19], enjaretado de payaso, que pasó a mejor vida de repente abocetando una caricatura. Un argentino exjugador profesional de *rugby*, doble de Van Gogh notorio —como una gota de agua a otra—, que en regular retrataba al estilo del holandés.

Un hindú de oscuros credos atávicos —jugador de ajedrez en el Parque— lo recelaba como la reencarnación del genio, y cuando el artista se acercaba por su demarcación de ajedrecista, andaba con los cinco sentidos, sabedor de que al holandés le daban repentes y cortaba las orejas al que le quedaba más a mano, incluso a sí mismo si no encontraba otra oreja más cerca.

Otro pintor retratista muy compadre de Pepe fue Serenín, por nombrete El Sordo, con su artilugio conectado a la oreja, su chapela a medio lado, aunque extremeño... De él contaba el limpia:

—Me acuerdo del día que —como llevaba siempre una pistola de esas de gas, de paranoico que andaba—, se discutió con el Alcaraz, con el que se llevaba a matar porque se birlaban los clientes. El Alcaraz le amagó a las tripas con un cuchillo de comedor, ya ves, sin corte; pero como soplaba mucho el viento a la contra, el Sordo al dispararle se trabucó de gas que se asfixiaba y lo tuvimos que llevar a rastras a la casa de socorro. ¡Cuánta gracia tuvo aquello!

Otro pintor friki fue un danés muy altaricón y desgarbadote, El Amariguanao, descalzo, con los zapatos en la cabeza a guisa de cachorro y colocadísimo de «chocolate». No conseguía pintar apenas retratos, pero sí que muchos turistas le fotografiaran. Sorprendente artista, el francés Kunfú, siempre ataviado con el kimono de las artes marciales, cinturón negro, incansable e inagotable casanova, merced a su industria de llevar en el bolso de las pinturas un pepino español de gran calibre, fiel suplente en las obligaciones galantes cuando por culpa de la neura se engatillaba, episodio frecuente según las habladurías de sus indiscretas partenaires.

No menos celebrado fue el Alcaraz, a veces emperchado con aire de bandolero de Sierra Morena, faja, patillas de boca de hacha, pañuelo al cuello y faca de medio metro para —borracho perdido— inclinar al pago a los clientes indecisos. Mientras dibujaba el retrato del modelo en un velador del Derby o del Central, les libaba las copas al descuido y, usando el bastidor como muleta, les sustraía de los bolsos la tela marinera. Y a veces de tan beodo obnubilado empezaba el retrato con un turista varón, seguía con los ojos de la mujer del turista y acababa el trirretrato con el bigote del colega de los turistas: la trinidad en uno. Y cuando alegaban que qué era aquello, en un inglés infame les decía lo de los charlatanes:

—Tres *for the money-money* de *uan* y *tumás* surrealista, *laik* Salvador Dalí ¿Qué más queréis?

—Yo —decía Pepe—, a Paco el Alcaraz también conocido como Paco el Pintor no le daba cuartelillo. Al contrario, a los clientes les confiaba el santo de quien era el nota, de que a veces al pintar usando el bastidor, como los carteristas la muleta, les choriceaba el dinero que ponían en la mesa, fácil movida cuando estaban medio mamaos.

De los cientos de pintores que probaron fortuna por el Parque, no menos pintoresco resultaba el Pájaro de Jaula, también Periquito Verde, un pequeño charnego barcelonés, barbitas, de verde gabán, pintor de espeluznantes animeras goyescas, que abocetaba el retrato cantado. Mientras retrataba, vinagre de ron, atronaba ópera con muy buena voz.

Ninguno más original y heterodoxo que el italiano Lampeduxi. Tranquilo y buen retratista; pero que, muy de tarde en tarde, cuando se le cruzaban los cables, en lugar de retratar pedía por las mesas con la letanía de que no mendigaba para comer sino para pagarse un maromo que le echara un casquete. Todo ante el asombro de los guiris, por su receta de espantar al burgués.

Y el más digno de prestar atención por sus sorprendentes observaciones era un bilbaíno conocido como Pepín. Mezcla de retratista, caricaturista y trotamundos a caballo de su Harley-Davidson. De vuelta de sus periplos, contaba anécdotas de cualquier destino de turismo de playa. Mantenía la opinión de que en España ni en las terrazas de la Nogalera, en Torremolinos, ni en las de El Arenal y la Plaza Gomila en Mallorca, ni en las de la ciudad vieja de Ibiza se podía encontrar un espacio comparable con el Parque de Santa Catalina. Lo mismo opinaba de las playas de la Italia. En las de Miami, de Malibú o de Hawái no se veía el ambiente que aquí se respiraba. Lo mismo pensaba al referirse a Acapulco, a Mar del Plata y Punta del Este en Sudamérica, o a las de Tailandia y las islas del Caribe. De todas en las que se había buscado la vida —tanto en caballete como al paso— no había conocido ninguna donde se dieran la armonía lúdica y la bonhomía como en las terrazas del Parque. Aseguraba:

—No he visto sitio en el mundo donde beban en terrazas al aire libre tan naturalmente mezclados y relacionados los nativos, los turistas y los marineros, y más sorprendentemente los *gais*, diseminados por las terrazas entre todo el mundo sin concentrarse estilo gueto como es lo corriente en otros sitios y tan en contraste con la España franquista donde se les aplica la Gandula, en lenguaje letrado: ley de vagos y maleantes. Tampoco he encontrado terrazas donde tanto empresarios como camareros acepten con tan buena disposición a tantos vendedores: marroquíes, de color, gitanas de mantelerías, retratistas, caricaturistas, grabadores, fotógrafos, vendedores de fascículos de poemas, músicos y faranduleros que, en vez de ser una molestia como en otros lugares, forman parte del tipismo y contribuyen a dar un ambiente único que el turista vive e interpreta como algo pintoresco, no como una pesadez a diferencia de otros sitios —verbigracia Marrakech— donde los mercaderes se pasan.

Pero ¿cómo contar la movida de los pintores, los mimos, los músicos ambulantes, los faquires, los cristobitas, los hombres estatua, las gitanas de las mantelerías, los morenos de las estatuillas de madera, los magrebíes con la cesta del regateo, los calés con los relojes omegas de pasteleo, los descuideros de mesa y velador, los camaretas fules, los mendigos, los tranquistas y tantos otros personajes que Pepe tenía en sus anotaciones? Sería la historia de nunca acabar, y aquí se relatan las vivencias del protagonista. Volvamos a su demarcación, la terraza del Guanche, marisquería-restaurante selecto a la vez, donde predominaban las tertulias de señores, a los que el rumor tildaba de franquistas y afines luego al protonotario Blas Piñar y sus muchachos.

En todo caso, peces gordos de la milicia, las finanzas, la política, el turismo, armadores, gente así... eran los titulares de los zapatos que Pepe lustraba, pues rehuía la zona del Central junto a la calle Ripoche, donde se arracimaban sus colegas siempre metidos en apuestas de juego o en burlas pesadas y con frecuencia vinagres de ron.

También pasaba si podía de zapatos turísticos y marineriles. No le seducía —como a algún que otro Alfredo Landa de la caja betunera— lustrar a la bella escandinava los zapatitos blancos desde una perspectiva que le permitía recrearse visualmente con las bragas, o incluso en más de un caso con la ausencia de ellas.

Pepe lustraba preferentemente a señores que, a su vez, le trataban como a un señor. Y desde que se afianzó con ese tipo de clientela, se acabó el ir de polizón a Caracas a ofrendar un ramo de rosas blancas en la tumba de su esposa. Fueron varias las veces que los señores del Guanche le pagaron a escote el viaje. Aunque ya se había iniciado en lo de llevar rosas a los difuntos, cuando tras curarse su señora de una tisis galopante, gracias a la penicilina, había navegado hasta Londres a ofrendar un ramo de rosas blancas en el Museo Fleming. También merece mencionarse que Pepe en sus viajes mandaba numerosas postales a sus patrocinadores y amistades.

A mediados de los 80, el limpiabotas vio venir —como todo el mundo— el derrumbe del Catalina Park y, en mayor o menor escala, el de toda la zona del Puerto de la Luz y Las Canteras. Se fueron cerrando bloques de apartamentos, hoteles, hostales, salas de fiesta, cabarets, cafeterías, bares, restaurantes, comercios y bazares.

Los canarios del Sahara que venían de belingo[20] y parranda con mucha plata, currantes de la cinta de fosfatos, se habían acabado tras la Marcha Verde. La historia de los barcos que el Canal de Suez cerrado obligaba a repostar en el Puerto de la Luz era historia pasada desde hacía tiempo.

La flota pesquera japonesa se había desplazado a Agadir y al desaparecer el Puerto Franco se esfumó el paraíso de las gangas en peletería, joyería, tabaco, alcohol, y también artículos de electrónica, informática. Y en consecuencia dejaron de venir los peninsulares como más atraídos por las novedades y precios del bazar hindú que por la oferta de playa, sol y *drinki*.

Pero lo que acabó de dar la puntilla al Parque fue la eclosión de la heroína como artículo de primerísima necesidad —más que el pan o el gofio— para un numeroso sector de la juventud.

Por su condición insular y alejada, las islas fueron el último reducto del país en enterarse la juventud de que la heroína no era precisamente Agustina de Aragón. Tanto es así que funcionó durante varios años como una especie de centro de rehabilitación al aire libre donde venían de Madrid, de Cataluña, del País Vasco, etc., jóvenes adictos fugitivos del jaco, y eso marchó mientras los camellos, disparando[21] como confites de bautizo papelinas regaladas, lograban hacerse una clientela de enganchados.

Al fin «el caballo» derrotó a «la anfeta», al «chocolate» y al LSD, y pronto el patentado y sui géneris tranque canarión a los turistas y marinos simulando una maña de lucha en el terrero, derivó en violentos tirones a pie o en buga, a palizas de tres contra uno nada gratificantes, a coreanos borrachos molidos a patadas que defendían su peculio destripando a veces a algún sirlero.

Los mariquitas, turistas o nativos dejaron de lucir cadenas de oro porque ya se las habían robado o para evitarlo en un futuro más o menos inmediato. Nativos entrados en años, sufridores de asaltos y zurras, además de tintarse las canas iban, incluso, con un naife[22] en la mano, por si las moscas. Naife que solía acabar en la mano de los choros, incrementando su armería. La novedad de la droga, la celeridad en propagarse, su alto precio en el mercado y las ansias del mono multiplicaron los delincuentes callejeros por diez, no faltando en el gremio el abogado o funcionario enganchados, el expicoleto[23] expedientado por jacoso, la hija feladora del laureado general o del magistrado respetabilísimo que usaba como cebo morboso la publicidad de su alta alcurnia para escarnio del patriarcado de tan ilustres próceres. No faltando tampoco maderos expulsados del cuerpo —sucedáneos de Torrente— arreando tirones.

El cambio de las estructuras férreamente represivas de la dictadura, con la incongruencia de seguir en los cuerpos de policía, funcionarios, coleguitas ideológicos de Tejero, se tradujo en cierto pasotismo policial que podía interpretarse como desacuerdo con los rotundos y necesarios cambios que traían los de la Rosa, como los masivos indultos penitenciarios del ministro Ledesma que botaron a la calle a miles de chorizos incluidos algunos violadores compulsivos de niñas.

El limpia, más bien escorado a la derecha de toda la vida, lo explicaba a su modo:

—Los jacosos esos que se pinchan se las saben todas, se dan un camorrazo contra la pared y con una ceja rota y un ojo *morao* piden que venga su abogado de oficio y le quitan el uniforme al madero que se pasa un pelín; que, aunque la gente exagera en eso de que entran por una puerta y salen por otra, algo de eso hay.

Por si fuera poco, el sida vino a empeorar la situación. Los agujeros negros de la calle Roque Nublo, la zona del bar Hockey y del Villarreal en la calle Luis Morote, antiguos locales tranquilos de señoras de la noche, la calle Joaquín Costa y los aledaños del hotel y apartamentos Astoria, se volvieron marginales mini *boverys* neoyorquinos: cualquier nena cadaverina, de transparencia anoréxica y brazuelos cosidos de moratones te podía sirlar con una jeringuilla sidosa.

En el Parque sentó sus reales, escapada diez veces del hospital, un travestí sidoso, la Paca de Guanarteme, que corrió más de una madrugada —jeringuilla en ristre— detrás de parranderos nocturnos y, por suerte para ellos, sin alcanzar a ninguno, hasta que amaneció tiesa entre las florecillas de un parterre, con una cobra de cristal hincada en el brazo.

Casos de ese estilo, nada infrecuentes. Fogueos en Ripoche, plomazos en el bar Megusta. Muertos de bala en la cervecería Ámsterdam. Fiambres orientales macheteados en el Volcán, el bailongo de putas y coreanos. Muertos más frecuentes de lo habitual en un pasado idílico y jolgorioso que algunos dieron en llamar los felices setenta.

Las terrazas pusieron inútilmente guardias de seguridad, pues los chorizos seguían cayendo sobre los turistas cual cigarrones. El hotel Tigaday —nada menos que en la peligrosa calle Ripoche— cerró, hundido por los *tranques*[24] de bienvenida en la misma recepción.

Muchas putas coquetas, bien empertigadas y enjoyadas de oficio, tornáronse espectros, sombras, esqueletos errantes por las calles. Desgreñadas, tan enmonadas y ciegas como para ofrecer una felación —sin percepción de género— a las benditas señoras que salían de misa de la iglesia de San Pablo o incluso a los maderos uniformados de la comisaría de la calle Miguel Rosas. Los años 87 y 88 fueron, posiblemente, los más ruines.

El miedo mató a la noche. Cada vez más canariones de la ciudad alta dejaron de bajar al Puerto y al Parque. Llegó un momento que de treinta salas de fiesta no quedó abierta ninguna. Cerraban las güisquerías, los puticlubs, los bares de alterne, las barras americanas. El sida traía una «saludable» epidemia de castidad.

Las turistas, antes tan románticas y apasionadas con el apuesto nativo, tan amigas de un buen revolcón en la playa, de cobijar[25] en la noche con rumor de olas y titilar de estrellas, se hicieron de la cofradía de Santa María Goretti. Les dio como una especie de posvirginidad con efecto retroactivo. Todo había cambiado, y no para bien. Como dijo alguien de la época, al Puerto no lo conocía ni la madre que lo parió.

Aunque fenómeno general en todo el país, más agudo por contraste en un espacio que había sido el edén tropical más cosmopolita como invernadero de toda Europa, marineros rusos incluidos. Al tiempo, la crisis de seguridad se controló, los jacosos ya en las Chacaritas o en el "colegio", o reciclados en casi respetables ciudadanos, se amansaron. Pasaron de la letal jeringuilla a la rutina de esnifar y terminaron buscándose la vida de camellos, de chaperos, de aparca y limpiacoches, de vendedores de clínex o de flores o con la busca de lo que bota la sociedad de consumo y el trapicheo.

Las fuerzas de orden público se habían adaptado al cambio democrático. Las aguas volvieron a su cauce, pero los turistas desertores no volvieron. Siguieron ya adictos al sur de la isla, más soleado por carecer de la nubosa panza de burro[26] y además con el aliciente del despelote crapuloso de las dunas de Maspalomas.

Y las terrazas del Parque permanecieron semidesiertas, pese a los músicos animadores y los seguritas. Desaparecieron la mayoría de los quioscos, las numerosas mesas de artesanos, bisuteros y talabartes. También desaparecieron los paisajistas al óleo del Montmartre tropical en la Glorieta de Fataga y los caballetes de los retratistas y caricaturistas. De la terraza del Guanche desertaron los próceres y el restaurante se cerró. Pepe, sin clientes, aunque jubilado ya de antes, se entregó de lleno a sus aficiones: el ajedrez y el dominó.

A algunos de su confianza les enseñó sus apuntes sobre la historia del siglo XX en el Parque. A veces proyectaba formar equipo con algún periodista que ordenara y adecentara en buena prosa la vida y las anécdotas acumuladas en sus notas. Contaba:

—Yo, en los años 40, le limpiaba a veces los zapatos al escritor y periodista D. Leandro Perdomo, que decía estar muy interesado en escuchar a los que teníamos mundo por estar todo el santo día en la calle. Era un hombre que se quedaba con todo lo que le parecía interesante para luego ponerlo en los papeles, en las historias que escribía sobre el Puerto, que hasta sacó libros sobre todo esto. También le limpié los zapatos a otro grande de las letras canarias, Orlando Hernández, que tanto le gustaba escuchar anécdotas de Lolita Pluma y de otros personajes del Parque...

Ahora en los 90 pensó que podría interesarle al gran periodista Sagaseta, represaliado por el franquismo —que le había sacado en sus columnas periodísticas—, ironizando sobre su discreta escoración a la derecha. Incluso —bromeaba— a la hora de esmerarse más según de qué zapato se trataba, pero parece que se quedó en proyecto de un pequeño *novecento* frustrado. Llevaba, sin orden ni concierto, bien a lápiz o a bolígrafo, fajos de páginas arrugadas con letra irregular y pésima ortografía donde contaba:

—Aquí tengo yo la historia de un siglo del Parque y de un montón de gente extraordinaria que pasó por aquí y que, por ley de vida, están ya muertos... ¡A quién no he *lustrao* yo los zapatos! A cientos de famosos, desde Carradine, el de las películas de Kunfú, el Pequeño Saltamontes; y a otro que se llamaba Constantine, que creo que era actor francés; hasta al Rubio de Arucas, el asesino del cacique Eufemiano Fuentes cuando anduvo por aquí antes de entregarse. ¡Y no se lo va a creer! Al pobre Corredera, el maqui canario de leyenda, que ya en busca y captura, con el garrote vil en los talones, se venía por aquí a divertirse como un valiente y era un hombre muy correcto. Y, lo que son las cosas, a un nieto del generalísimo Franco cuando estuvo destinado acá de militar, todo un caballero. También le he lustrado las botas tejanas —unas cuantas veces— al Eladio Monroy, un tío con dos cojones que va de detective por su cuenta y se ha hecho famoso porque un escritor muy nombrado, un tal Ravelo, ha novelado sus aventuras. Recuerdo cuando lustré a un profesor universitario de Madrid que se llamaba Aranguren, una eminencia de filósofo que, mientras yo le lustraba, el malasombra de Paco el Pintor —que también además de chuloputas iba de poeta—, como no quería que le retratara le recitó:

«Un avaro se moría

recontando su dinero

y al recontarlo decía,

maldito, pa que te quiero

si no me salvas la vida...».

Entonces, el Aranguren, mosqueado por el remangue facineroso del Alcaraz, le dijo dándole unos billetes: "Toma, hijo, y no me desees nada malo que yo no soy avaro...

También tuve por cliente al mismo Estudiante de la serie televisiva de Curro Jiménez y a su mujer; al Pescadilla, el marido de Lola Flores; al cómico Cassen y al famoso boxeador Legrá, todo un caballero. Y de vuelta a sus orígenes, al enorme pintor —grande en todos los sentidos— del que puedo decir que nunca vi zapatos tan grandes y que me gastaran tanto betún como los suyos. Me refiero al canarión Julio Viera, cuando volvía a su tierra desde París.

Al artista de cine Fernando Fernán Gómez, de pocas palabras. No se me olvida el empresario de la plaza de toros que montaron en el parque de atracciones Tívoli, que le decían Nacional, matador famoso de la postguerra... y a su socio el gitano Vargas, que murió luego en Extremadura de un tiro por la espalda...

También lustré muchas veces al luchador y actor de cine, el famoso Heraclio el Pollo de Arrecife, otro gran caballero y extraordinaria persona, un cacho de pan y al más bien diferente, el mismísimo Alfonso Guerra, el mayor talento republicano de la historia.

Hasta a algunos les he lustrado de balde, como al mago del timple de Teror, que como se buscaba la vida como yo con los turistas, y tan cabal con el traje de mauro, el cachorro y las botas que no he visto a nadie más canarión que él: de bigote, faja y el cuchillo, todo tan canario, acompañando con el timple,[27] las isas y folias, malagueñas y otras canciones de belingo[28]. Andaba ya por los setenta años o más y todavía levantaba turistas rubias que le metían mano delante del mismo marido y hasta se las llevaba a alguna pensión. Siempre estaba hincándose ron porque le invitaban, o si no se lo hincaba de la mesa donde le pedían una canción, porque lo que hay en España es de los españoles.

Y qué éxito tenía con su voz ronca y cazallera, sobre todo cuando desentonaba la pícara canción del Conejo de la Loles y le grababan en vídeo y le tiraban muchas fotos, casi tantas como a la Lolita Pluma. A veces se juntaba con un jubilado paisano suyo de Teror que había estado en Cuba y venía a jugar al ajedrez donde Vargas el fotógrafo de los camellos. El terorense se había doctorado en Cuba de repentista[29] y le tomaba el pelo improvisando sones guajiros muy chuscos sobre sus *performances*. Y como todos estos, otros tantos y tantos. Solo que yo necesito a alguien que lo ponga en limpio y con estilo de libro como planeamos un día el Sagaseta y un servidor; pero yo solo qué voy a hacer, si soy medio analfabeto.

Pepe voló por última vez a Venezuela a llevarle las rosas blancas a su señora, q.e.p.d. Ganó muchas partidas de ajedrez y de dominó. Presidió animadas tertulias y un día salió en los papeles por el más inexcusable de los motivos. Había dejado este mundo —aunque tarde, pues andaba más cerca de los noventa que de los ochenta—. Sus historias quedaron inéditas, pero un tiempo después la prensa destacó que la autoridad competente había honrado con su nombre a un parque recoleto en la costa del Confital, romántico y apartado, propicio para los achuchones de las parejitas.

EL GATO CON BOTAS

EL GRANAÍNO, MÁS CONOCIDO en su círculo como el Gato con botas, no era un cliente de la élite del Guanche; pero sobrándole dos duros ya estaba gastándolos en lustrarse los calcos.

Qué bien los nombres ponía el que puso Sierra Morena, a esta serranía cantó Antonio Machado. Eso mismo se podía afirmar del que con tal nombrete felino bautizó una madrugada de tenderete etílico en La Madrileña al artista granadino, perdedor nato y pelirrojo incandescente, itinerante por las canteras y las terrazas del Parque, a la busca de quien se dejara retratar.

Le bautizó así Don José el Marsellés, que por supuesto ni tenía don ni era de Marsella. El bautismo arraigó bien y a las dos semanas en el mundillo farandulero en que se movía ya nadie le conocía como el Granaíno sino como el Gato con botas.

El Gato era un pintor más metílico que etílico, la jerol[30], una fotocopia en color del genio holandés, jariento[31] y pecoso como él. Iba frecuentemente en bermudas, las flacas piernas al aire, embutidos los pinreles[32] en pesados y sonoros botos camperos de media caña, siempre bien lustrados.

Al uso golfo, al resguardo del boto zurdo llevaba los colorines, el tabaco, la petaca de privarse[33] de ron. Por las punteras comidas, bajo el lustre y el brillo, asomaban los pinreles como en sandalias. Los ojos grandes y grises, alucinados, evocaban al felino de la fábula.

Curiosamente no maullaba ni se subía por las paredes y se desconocía su respuesta a la vista de un ratón, por eso el sarcástico y mordaz Liañez de Remolina, dibujante de las Asturias de Santander, cuando se colocaba le decía:

—Tenemos que soltarte un ratón para ver por dónde sales...

El Gato con botas, que en eso no desmerecía, dormía en obras, en portales, en las desfondadas barcas de la Puntilla, buscando el confort natural en la vida moderna, al margen de la sociedad de consumo.

Pero si le sonreía la fortuna se hospedaba en la renombrada pensión Jeremías, más sin fundamentos de inglés y con presencia nada gratificante; de los pintores al paso que ofertaban un retrato al pastel por las terrazas, era el que menos perras veía, aunque no faltaban críticos que le consideraban el número uno —mas ya se sabe, ser simpático y guaperas ayuda más a vender que el buen hacer—: la venta, aunque la más baja, es la primera de las artes.

Nuestro hombre, sus menguados ingresos los destinaba a copetines, chupitos de licor o botellones del súper, y no por vicio, sino para quitarse la tembladera y así poder pintarrajear y medrar y subir en la escala social.

Mas dado era a eso, a pulir sus ingresos en buchadas como Modigliani que en vicios ordinarios y groseros de burgueses, como el papear caliente por ejemplo.

El señor Don Gato iba del último romántico desorientado del siglo. Su palmarés frente al aburguesado mens sana in corpore sano se honraba con dos pulmones agujereados como queso gruyere, que le ponían a veces de rojo y grana el boquino. Tampoco le ayudaba que, sin conocer la obra del icono etílico, Modigliani, le salían los modelos bizcos, incluso vizcaínos como al italiano.

Lo que en los medios de la alta cultura parisién denota genialidad pura, como la *boutade* de Picasso a los contrariados modelos: «Y ahora, a parecerse». Eso, en las terrazas del Parque, con unos chonis de poco caletre, y además programado a que un retrato debe parecerse algo... ¡Lo que es la ignorancia!

Y si se trata de una retratada, pues que no le hace ni puta gracia la bizquería, por muy parisién que sea. Esa genialidad involuntaria no le favorecía nada. De pronto en un trabajo inmejorable de parecido y de luces, de sombra y de color, surgía espontáneo el estrabismo en un hermoso rostro ario, de hechiceros ojos verdes: la nariz, la boca, tan cabales, pero de pronto una pupila se le reviraba genial e ingobernable, y explícale eso a un metalúrgico alemán de doce arrobas, con alma de maruja prusiana y con sinsentido del humor hitleriano, kantiano, y kafkiano.

Alguna vez el trasegado de cerveza de turno le zarandeó por sacar a la dama de sus tocamientos con tan acentuado estrabismo, a punto de llevarse un buen cachetón.

Nuestro artista, en esas situaciones, sin instintos pugilísticos, con las manos súper especializadas en manejar copetines y lápices, se defendía como los equinos contra los lobos, dando coces con los botancones errados al estilo campero salmantino. El Gato, que al ser pequeño, algunos, para acabarla de joder, le decían el gatito, de vez en cuando tenía un golpe de suerte y dormía entre blandas sábanas de Holanda, rodeado de gentilezas y atenciones. Era cuando le venía una vomitina sanguínea y le ingresaban en el hospital de San Martín, donde la mayoría de los que entraban ya no salían por su pie.

Allí en un ambiente de asepsia, de limpieza excesiva para un bohemio de su envergadura, engordaba como un cerdito de los cuentos infantiles. Sujeto pasivo de homenajes de monjas y enfermeras, alguna le manumetía a lo tonto en las mudanzas de sábanas, por ser lo más juvenil, apuesto y lozano en aquel despenadero de carrozas. Allí, el de las botas, se ejercitaba en el arte de mover el bigote, dándole a la olvidada manduca, motor de todas las artes.

Cuando respondía bien en los análisis, le daban de alta para hacer sitio a otro pre cadáver, él, seguramente por su pie, o sea por su bota, no se hubiera ido por el momento, tan a gusto estaba emborronando cartulinas que solícitas monjitas y amables celadoras le proporcionaban.

Tomando apuntes desde su catre a todos los valetudinarios, tan expresivos en la decrepitud y el deterioro de la puta vida, también a las lindas enfermeras que posaban en una pausa de su trajín, al escuchimizado doctor con inquietudes artísticas que veía en la bizquera un trasunto de genialidad.

Para más satisfacción, cuando se despistaban monjitas y enfermeras, momentos escasos y sublimes, se colaba, sigiloso ratón, en la enfermería y mezclando media de agua y media de alcohol hospitalario, se preparaba unos *whiskys* de dios nos libre y en vaso grande; cual rey de copas. Con ellos recuperaba, incluso incrementaba las ganas de vivir y de beber, que venía siendo lo mismo.

Pero otra vez en la calle y sin dinero, nuestro protagonista soñaba con su ciudad natal, donde el que es ciego no ve, según reza el verso en el azulejo de una plazuela del Sacromonte.

Soñaba con montarse un estudio en el Albaicín, donde raciales gitanas de embrujo cañí vinieran a posar para él, sin bragas, florecido el cabello de claveles de olor, y emular a Julio Romero de Torres —el que pintó a la mujer morena—, si no en lances de cama, al menos en lances de pincel.

Quería regresar a sus recoletas callejuelas árabes, rumbear por el laberinto de cal y soles del Albaicín y volver a sorprenderse entre el rumor de surtidores en la Alhambra como cualquier turista, pasear junto a las murallas y torres de la Alcazaba, beber por las tascas del Realejo y contemplar con ojos de artista la fachada de la Catedral de la Encarnación o de la Capilla Real...; mas nunca lograba que el peculio que escondía en la bota engordara lo suficiente para un billete de barco y navegar a tierra firme, lo que él en el Parque oía nombrar la Península, y en términos poéticos Godilandia.

Ya iba para tres años en las Palmas: le trajo el rumor de que allí ataban los perros con longanizas. Él constataba que a los gatos al menos no. Antes, en los veranos de Torremolinos se había defendido mejor, instalado con su caballete en una concurrida terraza de la Nogalera.

Pero el cruel invierno le había llevado como a tantas aves migratorias a volar a África.

En el Parque se encontró con la eterna primavera rebosante de turistas, pero también con que, empujados por el pelete de carámbano y helada, de París, de Londres, de Roma, una nutrida avifauna de artistas invernaba en el Parque, derivando en un excedente demográfico en cuya pirámide de naipes él era el primero en sobrar.

Y en esas noches en que no le llegaba para sobar en las pensiones del Rayo o el Jeremías, la Palmera o el Ibiza, o al menos conseguir una piltra compartida por el sistema de aprovechamiento intensivo: el día para ti, la noche para mí. Una noche de esas en que se le había secado la petaca de *whisky* y estaba locuaz y enralado, le propuso al alma del Parque, al mismísimo icono de Catalina Park, la reina y señora de los gatos y las gaviotas, Lolita Pluma, dibujarle unos bocetos para pintarle luego al óleo de cuerpo entero, con su vestimenta de gran señora de los *hippies* y titularlo la reina de Catalina Park. Luego, presentarlo a un concurso de pintura que cada dos años convocaban en la vecina isla de Tenerife, el pobre ignoraba el modesto éxito oficial que allí tiene lo que procede de Las Palmas.

Le propuso que, si ganaba el Primer Premio o el segundo, irían a medias: ella ponía la imagen y él la mano, y eran muchos miles de pesetas el montante. Una noche le hacía un boceto, a los pocos días otro; un tercero un guiri mirón se encaprichó del dibujo y se lo compró, y ellos repartieron al *fifty-fifty* como buenos colegas.

Detrás de la glorieta de Fataga, un tal Acaymo, pequeño acuarelista también acusadamente vinagre, escapado del cuento de Blancanieves, vivía de ocupa en una barraca de tablones, abandonada por los carpinteros de ribera que allí calafatearon en tiempos felices. En el chupano de Acaymo, posó Lolita con uno de sus diseños de gala, su cesta llena de flores, su cara maquillada de rojo, de verde, de canelo, de azul, como una sacerdotisa de los Dogones, o un Charlot femenino en tecnicolor.

Acabado el cuadro y embalado, lo mandó al concurso de Tenerife. Ni que decir tiene que viniendo remitido de las Palmas y tratándose de Lolita no pilló premio.

La vida siguió su rumbo, la señora de los *hippies* a lo suyo, ofreciendo a los turistas sus flores y sus chicles, o alguna postal con su imagen de suvenir, y el Gato con botas de gira por la Playa del Inglés sin que por cambiar de lugar cambiara su fortuna al no mudar sus costumbres.

Cuando regresó al puerto, una noche, presenciando envidioso cómo Lolita repartía perritos y hamburguesas entre los gatos del Parque, según su noble costumbre, lamentó que a él no le tocara nada a pesar de su ya asumido nombrete, quizá por no entender de maullar y andar a gatas.

Esa noche cambiaron impresiones y salió a relucir lo de su vuelta a la patria chica, donde quizá la fortuna le fuera más propicia. Le faltaba para cumplir su sueño lo que al noventa y cinco por ciento de las personas que están en el mundo: el parné, la puta pela, el líquido imponible e imposible, el moni, el mejengue, la pasta gansa, la pastora o pastizara, las sábanas verdes, la tela marinera, el turrón, el sonacay, la guita, etc., el escurridizo traidor de los mil nombretes... Y no lograba juntarlo en tres años. Había recurrido a la Beneficencia, al Gobierno Civil, al Cabildo, a Cáritas Diocesana sin recibir respuesta positiva y Lolita, la anciana de ochenta años largos que andaba todo el día de velador en velador intentando vender unos chicles, ya que fallaban la Beneficencia y los organismos oficiales, los centros de promoción y mecenazgo de las artes y el apoyo familiar: ella no iba a fallar.

—Chacho, ese moni que tienes es poco y nada; pero con otro poquito que te voy a *dejá* yo, juntas pal *biyete* en la Transmediterránea, mañana nos vemos aquí.

El mozo, que aunque no muy boyante, lo era, protestó avergonzado como hombre en las antípodas del chulo que se deja querer.

—Yo no puedo aceptar eso, perdone, *usté* es una modesta anciana con pocos recursos, una señora muy mayor.

Oírlo Lolita y subirse por las paredes fue todo uno:

—Chacho —le dijo archienfadada—, yo soy más piba que todas esas guiris que sacan los muslos al sol, yo soy de Arucas, *criá* entre plataneras, con gofito del *deantes* y lechita de *bayfa*, yo tengo la moral de una pibita, los años no cuentan, carajo, es el espíritu lo que vale, mañana le veo por aquí, oyó *osté*, y no me falle que le doy un cachetón...

Al otro día, Lolita divisó al artista, peripatético e itinerante, buscando en vano un turista que quisiera un *portrait*. Se acercó a él y, apartándolo detrás de un quiosco, desenvolvió una servilleta de papel que se sacó del pecho y le obligó a coger los billetillos arrugados que allí guardaba. El artista se resistía pudibundo, y ella le obligó a cogerlos lanzando sonoros tacos. El gato con botas protestando con vivas reticencias, pero sin amargarle el dulce, al fin se avino y se dejó querer, y lo que no podían

o no querían resolverle la familia, los amigos y conocidos, los bancos
—es broma— los organismos oficiales y las instituciones benéficas,
se lo resolvía la cuarta edad: una anciana minifaldera y coqueta, sin
jubilación, que intentaba hacer unos ahorrillos para cuando fuera
mayor y se viera impedida de vender al paso, ahorrillos conseguidos en
la frontera de la mendicidad a base de *performance,* labia y mucho arte.

Aunque con fama de ayudadora, de dar cuartelillo a los más
maltratados por la vida que ella, también pudo influir un algo, que la
mano que le echó al Granaíno naciera de la misma pulsión inconsciente
que la llevaba a dar calor, caricias y alimentos a todos los gatos
vagabundos que merodeaban por el Parque. Después de todo, el artista,
aunque demasiado humano, visto de un modo surrealista era un felino
más, el felino con botas, sombrero y gabán del cuento de Perrault.

Lolita Pluma exhibía unos muslos resultones que ya hubiera querido para sí más de una.

LA LEYENDA DORADA DE LOLITA PLUMA

LA SEÑORA MAYOR QUE socorrió al Gato con botas, enfermo y sin un céntimo, fue durante muchos años leyenda viva de Catalina Park y muerta es tan legendaria como en vida. Una de las terrazas del Parque lleva su nombre y en sus murales prevalece su imagen representada en diferentes escenas. No mucho más lejos, en dirección a la calle Albareda se perpetúa en bronce antiguo rodeada de sus gatos; aunque por incuria de los ediles correspondientes sin un buen pedestal y al lado de la antigua fuente donde se retratarían los turistas de la nostalgia como suvenir. Y entre los fantasiosos y fabuladores costeros de la pesca, a su muerte, corría como cierta la historia de que guardaba en el banco… ¡cien millones de las antiguas pesetas!

Fue protagonista de poesías y novelas del escritor Orlando Hernández. El gran dibujante y caricaturista Martínez publicó repetidas veces la imagen de Lolita en la prensa. Artistas de la canción como Braulio, entre otros, le han dedicado canciones, y hasta Tony Rubiales, el rey del bolero, llegó a adaptar uno para cantar a Lolita.

Ha sido llevada repetidas veces al cine, al teatro y en una exposición colectiva, cincuenta artistas la interpretaron de cincuenta maneras distintas: surrealista, impresionista, expresionista, idealizada, cubista, en caricatura, en blanco y negro, a todo color, en relieve, en *collage*, en expresionismo abstracto…, en minimalista, en arte pobre… Los artistas del Parque la dibujaron cientos de veces por encargo de los turistas, lo que sugiere que debe de andar en muchos comedores de Europa colgando de la pared.

Aunque pasó a la historia como Lolita Pluma, escritores como Leandro Perdomo u Orlando Hernández en sus relatos aluden a ella también al menos en sus primeros tiempos como Gilda, alias también con sabor de estrellas. Sin embargo, esa primitiva Gilda para otros historiadores del pasado era otra de parecido perfil, dejando la duda en los que no alcanzaron a vivir en directo aquellos tiempos.

Cómo acrecentó su fama y se forjó como mito callejero, icono de un lugar y de una época, es más sorprendente, puesto que ella en un principio —ajena a su futura proyección mediática— solo pretendía ganarse la vida a su aire llamando la atención en consonancia con un momento único, que resucitaba el mito de la eterna juventud.

A mediados de los sesenta, Gran Canaria fue el paraíso soñado para muchos *hippies* de vuelta de la India o del Chad, de Tailandia u otros países remotos. Muchos, tras el verano en Ibiza, buscaban algo más tropical y resguardado.

En el Parque, junto al centro de información al turista se fueron estableciendo con la permisividad de la concejalía de Parques y Jardines, numerosos *hippies* artesanos y artistas: manufacturaban cinturones y bolsos, muñequeras y sandalias, guarachas[34] y mocasines, todo en cuero artesanal. Montaban en bisutería pendientes, piedras de Mauritania, collares de dientes de tiburón y de Filipinas y trabajos diferentes en alpaca y piedras semipreciosas: ágatas, turquesas, ópalos, jades... de todas las partes del mundo.

Otros pintaban en la misma calle rápidos paisajes con espátula: el Roque Nublo, el Dedo de Dios, las casas rurales de valles felices entre palmeras y buganvillas, las tabaibas y piteras del sur, las barcas de la playa de las Canteras y otros géneros.

Tenían en común ser una amalgama de países y de razas: un tal Magallanes, portugués y artista del cuero. Pirana, un negro de

Dahomey que pintaba selvas, elefantes y fieras del África tropical; eso sí, con menos arte que el aduanero Rousseau.

Willy, yanqui melenudo y barbado que repetía sin cesar el Roque Nublo. Mirko, finlandés vestido al uso de Cachemira, especializado en las casas con balcón canario entre palmeras. Mesié Otegó, hispano-francés, destacaba por sus retratos, pintando a los blancos como negros y con ojos de japonés sin mucho éxito, la verdad. El sevillano, un ex de la Guardia Civil, un Torrente de la vida, disfrazado de santón hindú, trabajaba el cuero al estilo de Benarés. Brigitte, franchute, montaba collares con dientes de tiburón vestida de Buffalo Bill como Juana Calamity, y como ella volteando botellas de *whisky* en el bar la Viuda

El Zíngaro, mejicano, renombrado ex campeón de *catch*, con túnica de azafrán Hare Krisna, con el alicate, la alpaca y las piedras diseñaba bisuterías de su creación en segundos, y así ciento y la madre más.

También tenían en común vestir a la moda *hippie* del momento cual figurantes para una película a través del tiempo: Pirana, el negro, con túnica del antiguo testamento, el francés Otegó de chilaba árabe, Magallanes de pirata, y con un gorro de piel de castor a lo Daniel Boone y todos por el estilo.

En determinadas discotecas se veían atuendos así, pues los turistas en los quioscos y bazares del Parque adquirían chilabas recamadas, caftanes rusos, saris de la India…, sarapes de Méjico, ponchos del altiplano…; además de los bolsos de cuero que hacían furor, las cholas de badana o las muñequeras y collares de plata, y tantas otras artesanías.

En ese contexto en que la moda más juvenil la dictaban los Beatles y otros músicos del pop: zapatos con plataforma de diez centímetros, para levantar la ingle de los nativos a la altura de la de las fricas escandinavas; ajustados por marcar paquete, los pantalones, de campana para ocultar el embeleco de los zapatos; camisas también ceñidas, bigotes mejicanos, peinado a lo Ringo, chupas de cuero a lo Liverpool, temperamento de Alfredo Landa...

Tal look competía con el *look hippie* de melenas, barbas y trenzas en varones y damas a la moda ibicenca de túnicas blancas, sin bragas ni sostén. Y ambos sexos, collares, muchos collares en el cuello, y las muñecas, collares a veces de flores.

En ese contexto del vístete como quieras, primo carnal de la arruga es bella; y los atuendos y mestizajes antagónicos: cachorro de cuero del Far West, collares de Filipinas, trenzas africanas, chilaba corta árabe, bombachas de gaucho y mocasines indios, llevaba un atorrante argentino, el Lunfardo, como quien va de frac y esmoquin. En ese vístete como quieras habría que ubicar a Lolita como pionera y reina de esa corte de disfraces, de ese carnavalito de doce meses.

Unos días se pavoneaba entre las mesas con una chilaba corta recamada en dorados, otros con un sari hindú recortado, retocado y adaptado a su estilo personal, tal noche una azul minifalda mínima de Liverpool luciendo muslos morenos de la playa, resultones para su edad. Otro, revestida de superpuestas transparencias de diferentes tonos. Había días de azul y días de rosa, como en Picasso, y días para todos los colores del arco iris, y madrugadas para todas las gamas de los pintores. Decían que a Lolita, como un tributo del eterno femenino, le regalaban vestidos y tocados igual altas damas del país que turistas ligeras de ropa del septentrión, o estrellas del cabaret o de la putería con su ofertorio de lentejuelas y oropeles.

Se rumoreaba que en las pensiones no le cabían tantos encajes y sedas, tanto ropaje de todos los colores, que pedía a las amistades asilo político para sus colecciones de prendas, que entre bromas y veras le aconsejaban abrir una cadena o una franquicia de *boutiques*, y siempre ligera de ropa, al aire la espalda, los brazos y muslos al sol, expositor de bisutería andante a veces, tantas pulseras en las muñecas, tantos collares y pendientes. El pelo corto con reflejos dorados, caobas, verdes, canelos, a veces trenzado, otras con moños imprevisibles o ancestrales todo en función de su rostro circense.

Los ojos muy maquillados, el carmín de los labios hasta la nariz y el colorete de las mejillas por toda la jerol[35]. Blancos, amarillos y verdes en su rostro podían evocar a un piel roja, a una pintura de Picasso o a una sacerdotisa de los dogones.

Eso la emparentaba también con los payasos del circo, el mimo de la comedia italiana, la pantomima oriental o las máscaras africanas, y en el arte y la originalidad que puso en ello radicaba su personalidad mítica de camaleón surrealista.

Lolita, con su cestillo de mimbre, siempre al paso de velador en velador, sonriendo al personal educado que la requiebra y que la mima, o con salidas imprevisibles y tacos e insultos en andanada, para cortar al palanquín o al machango[36] que se quiere pasar, trocado el burlador en burlado con un coro de risas.

Podía sorprender cantando algún estribillo de malagueñas, folías o saltonas. Alguna rara vez podía salir narrando algo de su verdadera o inventada historia:

—Yo vengo de buena mata, mi madre era de Teror y mi padre de Arucas, yo soy también de Arucas, a gala lo tengo, yo de chinija de bien pibita me bañaba en las balsas de riego de las plataneras. Mi padre sí que fue un macho de verdad, un macho de las cañadas, cerrudo de pelo en pecho, se bañaba también, a veces *despelotao*, menuda cuca gastaba, y no como los de ahorita. —Y señalaba a los habituales de la barra del guirigay en el Derby, con los que por lo demás tenía muy buen rollito y en parte cimentaron su fama y le tributaron admiración y pleitesía.

De joven, decían algunos que tuvo un novio que fue también el no va más, pero vino la guerra de Gila y a su prometido se lo llevaron a la península a luchar, y... como tenía principios, fundamento, buena letra y ortografía, cuando vino de permiso ya era alférez provisional, con estrellas y todo. Pero retornó a la guerra y ya no volvió.

Otros diferentes rumores de la calle le atribuían ya ser la viuda de un coronel, otros de un suboficial de la legión, cuales decían de un matrimonio roto, de una mujer libre que había pasado de un marido capataz en una finca de Arucas, quien aseguraba que antes de su metamorfosis en mariposa *hippie* había sido una crisálida vagabunda que iba como otros al puerto pesquero a que le regalaran pescado para alimentar a los gatos del Parque..., quien que un tiempo iba por las calles céntricas o por casas de gente acomodada vendiendo perfumes adquiridos en el cambullón...

Lo cierto es que si tuvo o no un periodo breve de crisálida, como mariposa *hippie* pasó muchos años ejercitando sus *perfomances*.

Cuando vendía flores sabía el sitio y el momento donde un galán quíquere[37] está dispuesto al obsequio floral a su dama; si no, ironizaba y bromeaba y, aunque no comprendieran español, sí entendían el mordaz tonillo, y compraban para restablecer la cordialidad.

Si eran del país, hacía jocosas alusiones a la cofradía del puño cerrado, con resultados positivos, siempre sin pasarse ni quedarse corta, en su sitio.

Lo mismo hacía con los chicles, su más común mercancía. ¿Y quién no iba a comprarle uno para tenerla contenta, si después de todo era una altruista de libro, que acababa la noche fundiendo las ganancias en matar el jilorio a unos caninos en la nombrada hamburguesería de su compadre de las barbas de profeta, el Papi, o convidando a perritos calientes a todos los mininos del Parque?

Fotos reveladas por Vargas —el artista fotógrafo de medio siglo del Parque—; en cien atuendos diferentes vendió a miles, retratos de diferentes artistas, muchos también postales con su imagen, cajas de cerillas con su rostro...

Lolita Pluma se vio pregonada por la fama literaria cuando el escritor Orlando Hernández escribió su novela, en su momento *best-seller*: *Catalina Park*, a principios de los setenta. En la novela, los protagonistas de ambos sexos, turistas y nativos, cosmopolitas y hedonistas viven el intenso momento de plenitud lúdica del Parque, y por la novela se pasea como un símbolo de eterna juventud, Lolita Pluma vestida de adolescente minifaldera con más de setenta tacos. Luego escribió su biografía, donde quizá el que la lea puede saber más de su verdadera historia.

Desde esa fecha en adelante fue madurando su rol, envejeciendo como los buenos vinos, declinando luego, sincronizada al mismo devenir del Parque. Su crisis de senectud se acompasó a la crisis general del puerto. Cuando un jacoso enmonado le sirló la cesta de los chicles y los testigos lo vieron como lo más natural del mundo, ya había tocado fondo. Carlos Antúnez, el Portu, limpiabotas muy caballero, la acompañó como escolta honorario muchas noches hasta la pensión Ibiza para cvitar el asalto de algún *enmonao*.

Pasaba a todas horas y solo se libraban —y no siempre— los jóvenes y cachas y los maduros que se teñían las canas a lo camaleón. Así acabó a finales de los ochenta un ciclo de treinta años maravillosos, irrepetibles, únicos. Lolita se adaptó a la situación, llevando los chicles contados, para evitar pérdidas irrecuperables, pero siguió al pie del cañón, cada vez más enfurruñada, más repintada, arrastrando más los chenchos[38]. Y un día apareció el Papi —el de las cadenas de colorao—, otro personaje de leyenda, asustado, diciendo que le habían mentado sobre la muerte de Lolita.

Era una falsa alarma, un bulo fúnebre y ruin, de humor negro, con que a veces algunos machangos del círculo de los limpiabotas, en la esquina de Ripoche, solían matar a: muertos que vive Dios gozan de buena salud. Puesto que luego se vio a Lolita de vez en cuando, como una sombra del ayer, lucir todavía sus atuendos de autodiseño.

La segunda alarma la dio un limpiabotas, y esa debía de ser verdad puesto que salió en esquela mortuoria y luego en páginas enteras de la prensa local.

Algunos travestidos con atuendo y maquillaje similar quisieron ocupar su nicho ecológico, bien para perpetuar su rol, ya para honrar su memoria, o para aliviar su bolsillo con la venta de los chicles.

Solo un imitador de estrellas medró algo en Carnavales y otros eventos, pero Lolita no había más que una, insustituible e inimitable, y como tal pasó a eso que hoy día los historiadores llaman intrahistoria y también historia de la vida cotidiana, perennizada en mito e icono fabuloso, una leyenda dorada de la memoria histórica de una época de fábula en un lugar de fábula que solo los venidos de fuera, de cualquier parte, supieron valorar, admirar y comparar con los más señalados lugares y rincones del mundo equiparables en su singularidad; mientras, como pasa en todas partes, los nativos, como pronto acostumbrados, no lo percibieron en toda su grandeza y por ello no lo pudieron perpetuar como fuente de solaz, de riqueza, de expansión en el invierno cálido y dorado de un trópico para marinos de todos los mares y turistas de todos los continentes.

Sin embargo, como antítesis del *glamour* de Lolita Pluma, otra puretilla, pero esta desaliñada, desgreñada, la sobrevivió ofreciendo a los turistas sus ajadas flores.

Con voz adolescente y oscuridad tangaba a los marineros coreanos.

LA FLORISTA DE LA CUARTA EDAD

LA DE NOMBRETE BRAZOS Largos fue la florista que sobrevivió a Lolita Pluma, merodeadora por el concurrido paseo de las Canteras, el Parque al atardecer o la transitada calle Ripoche y sus aledaños —antítesis de Lolita—. Mujer fondona, descomunal, la mujerona antigua, excepción en la raza, con las coyundas de los huesos hombrunas, por eso el nombrete. Los enormes chenchos, planos, juanetudos, saliéndose de las chanclas arrastradas. Las nalgas, inmensas, recias, brutas. Los espaldares combados, los brazos de envergadura.

Malvestía un chaquetón cual de soldado, viejo y sin botones. Castigaban la imagen de su cara de estaca un ojo *saltao* y huero, y el otro grandioso, escrutador, polifémico. Las greñas sin peine no mejoraban el cuadro. En la fecha, vendía flores raídas, choriceadas en parques y jardines y, si encartaba descuidar, descuidaba. Los setenta ya no los cumplía, sin prisas por acogerse a una pensión de beneficencia, con un historial negro a sus espaldas.

Creció como pudo en un pueblo de los Montes de Granada. A los trece años la llevaron de sirvienta a la capital

—*Tol* día la-la-lavando y recadeando, barriendo y fre-fregando y no me ganaba un ri-rial. Y a la noche cuando acababa la faena y me iba al pulguero, el se-señorito se avenía a mi cuartucho y se desfogaba *coza* mala conmigo, mi arma —contaba gagueando un *poquiyo* con su acento de Graná.

Cuando quedó cubierta, el mirado y escrupuloso señorito la botó de la casa por mala mujer. Como solía ocurrir, la recogió de *caridá* una mancebía, ellos decían de *corasón*. Preñada ya alta, trabajó como una leona hasta poco antes de dividirse. Tuvo mucha suerte y malparió sin necesidad del pecado de recurrir a una abortista. Bregó —por apañar unos ahorrillos— en casa de la Peseta, mentada así por el precio de la ocupación.

Trabajadora era y sus seis ocupaciones diarias no se las quitaba nadie. Eso sí, aclaraba que:

—En *aquer* tiempo, las putas éramos mu *desente* y no *jacíamo* fran-francés ni ni guarradas, ni, ni nos *depelotáabamos*. —A veces, se rumoreaba en su ambiente que las menos malas, y con buenos principios, hacían el amor rezando, el crucifijo entre los dedos para que fuera más decente el pecado.

La Brazos Largos rodó de casa en casa y de ciudad en ciudad. En Mallorca, empreñó, ya con años otra vez, y tuvo un feliz alumbramiento, una niña guapa, que dejó a las monjas de las recogidas dedicadas a criar hijos sin padre.

Cuando Franco cerró las mancebías y botó a las mujeres a la calle, pasó a desempeñarse de autónoma, en plan modesto, ocupándose en los solares, las vías de tren, los descampados y los portales oscuros. Podría ser un patético ejemplo de la indefensión y el atropello de las mujeres pobres en la sociedad tan decente y tan católica-apostólica-romana. La tira de veces chingada por la cara y robada, pero eso sí,

—Lo *pueo dici* con la ca-*cabesa mu arta*, nunca mantuve un chu-chulo.

Al fin vieja, derrotada, sin ahorros, sin seguro, sin familia y sin macarra, se ayudaba de pajillera.

—El francés yo-yo se lo de-dejaba *pa* las *indesentes modelnas* sin principios ni fun-fundamentos.

Fue entonces cuando en una bronca, en el famoso bar de las Siete Puertas, en la judería de Palma de Mallorca, le saltaron el ojo, sin saber bien cómo, tanto era el barullo.

Era ya época de turistas borrachos y ella, tan recia y fornida, aprendió a espabilar vinagres. Los tumbaba al suelo en las oscuras callejuelas del Barrio Chino y les levantaba la pasta, y si ya los encontraba en el suelo, mejor que mejor, pero tales ocasiones no se brindan todos los días y encima, como decía ella:

—Cuando vas a espabilar a uno, *resurta* que ya se han *adalantao* los que están en *er* mun-mundo con *los ojo abierto*.

Por eso, siempre luchando por una vida más decente y honrada se pasó al bisnes de las flores, cuando llegó a Las Palmas huyendo del frío y del pecado.

Empezó comprándoselas baratas a un florista bobilín[39], al que se las regalaban las monjas y otras veces las arrancaba al descuido de los jardines municipales. Una mano ofrecía la flor y la otra cobraba el duro estipulado, y dando las gracias aclaraba que llevarse la flor eran dos duros, que el primero se aceptaba como limosna. Con ese truco del almendruco, con tres o cuatro flores defendía la noche.

La Brazos Largos padecía de mal de corazón, le daban soponcios, ahogos y fatigas; empero, odiaba los asilos, aborrecía los comedores de caridad y huía del Auxilio Social. De nó ser inmortal y tener que morir, hacerlo en la brega diaria, en la revuelta de una calle con un pensil de flores en la mano. Presumía de que, además de no haber cantado la gallina para ningún macarra, tampoco conoció las purgaciones —a saber—…

Y en lo que cabe dentro de su oficio, alardeaba de haber sido muy honrada y casta, nada de orgasmos:

—En *ezo* como la Virgen san-santísisma, con perdón.

Tan contenida a su modo como la primera dama, decía que:

—Si los dineros no me hubieran hecho falta para papear —que eso sí que le gustaba un montón—, no me hubiera *acostao* nunca con *naide*, *conservando las ma-madres* entera, *toa* mi *vía* como mi *mare* me parió.

No comprendía por qué los hombres se gastan tanto dinero en meterla en caliente; con lo que cuesta ganarlo.

—¡Estarán cha-*chalaos*!

Pero, aunque vieja y fea, si le fallan las flores, todavía vuelve a las andadas. Llevar al huerto a algunos ciegos del cupón, zona parque y aledaños, pasándose por moza de buen ver, es uno de sus registros; pero aunque se perfuma, los ciegos tienen los vientos de un perdiguero de Burgos y le huelen con frecuencia la fecha de caducidad. Tangar en la oscuridad a marineros coreanos ajumaos[40] es otra de las martingalas que a veces la sale redonda.

En el turbio mundo en el que vive, con las menguadas fuerzas que le quedan en su cuarta edad, lucha contra todo como una leona vieja en un desierto de chacales y no le asustan ni los travestones. Un día, ya ganados para la causa de su mano parquinsoniana dos beodos marineros coreanos, llegó la Palmera, un sueño de travesti, reguapísima, tetuda, repintada, morritos de silicona, perfume de Saint Laurent, y se los arrebató con el *cheiro*[41] de los efluvios.

La Brazos Largos juró por sus muertos arreglarle las cuentas, buscándola días enteros.

—Para arrancarle los pos-postizos y cortarle el cu-culo, decía.

Pero a pesar de una vida más bien regular tirando a chunga, no le guarda mal querer a nada ni a nadie, ni a los dioses ni al destino, lo cual sorprende y admira.

La flor amarga del resentimiento no ha anidado en su corazón y si le sobra un duro se lo gasta en pagarle un bocata a uno más ruin que ella, que los hay, vaya que sí, y si no, les da de comer a las palomas o a los gatos como Lolita Pluma.

No les guarda manía ni a los hombres, ver para creer, solo a las chonis calentorras las tiene tirria, por lo de la competencia desleal.

—Lo que la hija de mi *mare dise*, si vinieran *pa-pa* España a *cobrá*, dejaría *destar* mal, pero *habería* un porqué, que vengan y no cobren, pi-*pior*, mas que vengan y paguen por las cochinadas ya es lo nunca *vizto* en *er* mundo. –Y sus gestos de atónito asombro podrían traducirse al despepite, el sabotaje y el despelote.

Por esas cosas, ella piensa que:

—Un mun-mundo tan *malazo tie* que *tene* un castigo *mu, mu* grande *pa-pa* que escarmiente.

—*Vamo*, lo que hay que ve, —dice— si no nos dejan *viví*, si no nos dejan *papeá*, a las *jem-bras asín* de viciosonas del *cobijá* habría que co-co-coserlas el cho-chomino...

La hija de Brazos Largos estudió con las monjas mecanografía y secretariado. Es una señorita guapa y culta, colocada en las oficinas de una empresa. De vez en cuando escribe a su madre cartas, que por analfabeta da a leer a un gitano señorito del Parque.

La hija le escribe que piensa viajar a Las Palmas por conocerla y ayudarla económicamente. Ya le mandó algún giro, pero a la mamá le gustaría que se afincara en la isla para atarla en corto. Le espanta que le salga *modelna* y sin principios y se vaya con los hombres por la cara, lo que es más pecadoso que lo suyo de necesidad.

—En teniéndola yo a ma-ma-mano iba a *andal* derecha como una ve-vela, teniendo una carrera *desente* para co-*comé* no se iba *naide* a la pil-piltra con *eya* sin *habe pazao* antes por el *artar*.

La frustrada ilusión de su vida, lo que no pudo hacer por rodarle las cosas tan mal. La Brazos Largos, que cuenta su historia sin una mala queja ni lamento, casi con desenfadada alegría, que asegura que en Barcelona lo pasó requetebién, que se papeaba de abuten[42] en la calle Escudiller, que habiendo salud no hay motivo de queja. Sin excesivos entusiasmos, pero siempre con humor, dando la impresión de tener sobradas ganas de vivir, a la manera de los animales montunos.

Se escandaliza de la vida moderna, opina que las criadas de hoy no sirven para nada, que son señoritas holgazanas. No barrunta injusticias, suelta candorosas atrocidades, como quien cuenta cuentos infantiles.

Baqueana en los rodajes de calle, le gusta zampar mucho y bueno, aunque sea haciéndoselo de carpanta en más de un *restaurant*, y no causar mal a nadie si no la atacan; pero eso sí, si la buscan, la encuentran. Aunque puretilla, se arranca como el primero, sandalia en puño a la portuguesa. Una madrugada se enrabiscó con una alternadora cabaretera del Camerún, un monumento, caoba fina, veinte abriles, malcriada, con una boca de todos los diablos, que la tildó de:

—Vieja, puta jedionda y desgraciada, métete tus flores de mierda por el culo.

¡Qué buenas revolcaduras le dio la vieja a la niña, que a poco la desbarata y desencuaderna!

De tarde en tarde la pobre vieja, harta de ver por todas partes guiris y del país zampándose chuletones mientras ella se quita el jilorio con dulcería barata de supermercado, se arma de valor, se sienta en un restaurant y pide un entrecot y una de langostinos, y si el camarero despistado no se da cuenta de que es una matadilla y la levanta en un santiamén, se pone morada y a la hora de pagar dice:

—Llamar a la po-policía, que no ten-tengo na-nada que per-perder, si me lle-llevan a la ca-cárcel allí co-comeré ca-caliente, me ha-hacéis un fa-favor.

Y el mismo impulso que la lleva a sentarse de carpanta en un grill argentino y pedir buenos churrascos, la arrastra a intentar colarse de polizón en algún buque con dirección a Buenos Aires, aunque hasta ahora siempre la han pillado en sus intentos transoceánicos:

—Un día co-como logre es-esconderme, llego a Buenos A-Aires, me han di-dicho que a-allí los chu-chuletones son de qui-quilo y los que so-sobran de los *restaurante* los re-regalan o los ti-tiran, so-solo de pensarlo se me ha-*hase* la bo-boca agua.

Y con la ilusión de conseguir un día su viaje de polizón, vive contenta royendo los *donuts* en alguna pensión oscura de las inmediaciones del Parque.

La anciana señora tiene en la pensión Jeremías la noble costumbre higiénica de lavarse el resudo y el cheiro de los bajos en un barrañón en pleno pasillo. El viejo que malvive en el cuartucho aledaño, Don Julio Montecrís Acosta del Prójimo; un gallego de edad y situación socioeconómica similar, la piropea cón rumbo marchoso viendo las golosas perras de las flores, y ella dice a los conocidos:

—Lo que me *fartaba pal* du-duro, igual me enchulo a los setenta y cuatro, lo que no *jice* de *sagala*, a la vejez viruelas.

El Cantor de Huelva, superado su problema de garganta, aún sigue cantando por Ripoche.

EL CANTO QUE NO CESA

UN PAISANO DE LA BRAZOS Largos, al que le pedía en el bar la Palmera un cante por media *granaína* y él le compraba una flor y la invitaba a un *solysombra*, atendía por Fandanguillo. ¡Tampoco tenía ganas de cantar el niño de Huerva ese! ¡Que todavía se le ve cantándoles en árabe a los moros de Ripoche! Cincelado por la legión y el mar, el careto con un toque taleguero, chupado y tenso. Como muchos pescadores de altura, sus manos, un cementerio de espinas. Con las armas de la legión en los antebrazos, desvaídas por el paso de los años, era un hombre de otro tiempo como sacado de viejos grabados de los puertos de la Baja Andalucía donde, según el tópico de una habanera, los marineros del cazalla cantan y palmean en tascas y colmados a cualquier hora del día.

Acaso por eso entraba en los bares de Ripoche, dándole al cante a las ocho de la mañana, las doce del mediodía o las tres de la madrugada, cantaba mandándose las cervezas o el pizco de ron Artemi, gozando de bula, sin toques de atención como a otros. Se repetía interminable con fandangos de su tierra, dominio y poderío en la voz cazallera y tabacosa. Caminaba la calle Ripoche hasta el Parque a puros corridos mejicanos; se lamentaba con la zarzamora, sufría con el sino negro de María de la O, contaba al mundo los desengaños de la Malpagá o de la Otra, y entraba en el bar Avión alegrándose por habaneras:

«No siento el barco ni la tripulación…, la culpa la tuvo el señor capitán que se emborrachó…». O solo salía cuando tenía ganas de cantar o se retiraba cuando se le acababa el gas; el hecho es que siempre se le veía, si se le veía, cantando, y solo, más que en curia de tenderete[43]. Y era obstinado en rematar sus cantes, aunque se viniera el mundo abajo. Una tarde, entre dos luces, en la calle Ripoche a la altura del hotel Tigaday, dándole al corrido «Jalisco, Jalisco, tú tienes tu novia que es Guadalajara...», un energúmeno gordufo y grandullón, en chándal, camiseta y Adidas, que canqueaba[44] a grandes zancadas, hablando alto y solo, se paró al lado del cantor de Méjico, levantó una manaza grasienta y alegando:

—Toma *pa* que aprendas —le endosó tal cachetón que lo mandó *pal* piso. Fandanguillo se incorporó del suelo, sujetándose el remo zurdo con dolorido gesto y siguió cantando el interrumpido corrido de Jorge Negrete, al que ningún imprevisto podía silenciar, y a los pocos días reapareció cantando con el brazo escayolado a media asta. En la caída del cachetón se había dislocado del hombro. Un mes estuvo trinando escayolado; y en la Palmera, infame ventorrillo de trifulcas, entre cante y disputa, bromas y veras, un vinagrillo malagueño le hincó una navajilla en la escayola oculta por la camisa, sin llegarle a la carne. E iba cantando Ripoche arriba con la faca en la espalda *clavá*, cuando dos transeúntes se sorprendieron atónitos ante el evento: Gómez, caricaturista y Celso, astur y artesano de la badana. Al astur, como natural del recóndito y perdido valle de los Hoscos, donde Cristo dio las tres voces y no le oyó nadie, aunque con mundo corrido, seguían sorprendiéndole las cosas que ya no sorprenden a nadie. —¡Ahí va, tú!, ese tío, cantando con una navaja en la espalda, qué pasada, ¿no? —aseveró a su colega.

—Ya sabes, por aquí se ve de todo. Este va anestesiado de la priva y no se entera, voy a darle un toque.

—Allá tú.

—¡Oiga, buen hombre!, ¿no nota nada en la espalda?

—¿Que no noto? ¡Estoy hasta los huevos de como pica la escayola esta de los cojones!

—Es que lleva una navaja *jincá*, ¡vaya a la casa de socorro a que se la saquen! —Fandanguillo se miró de soslayo, vio lo que había y se arrancó de un tirón la picona limpia de sangre, y siguió con el cante.

El Celso, que venía de Bilbao decía: —En Euzkadi es imposible ver esto.

—Esto no, alegó el otro, pero ver salir por el aire un coche igual que un cohete con un presidenciable con bigotillo dentro, sí, ¡no te jode!

—¡Pero mírale al tío este que no para de cantar, que parece que le han dado cuerda!

—La verdad, un poco extraño ya es, ya.

Otra noche, ya casi de madrugada entonaba a la puerta de la Madrileña unos fandangos a dos costeros andaluces cuando un ajumado galletón cañí, en muletas, de patitas destranquilladas de la polio, mascullando caló de mal vino, se disponía a desbeber contra el muro, cuando, mudando de opinión, se viró a Fandanguillo maldiciendo.

—*Pa* esto me camelan a mí los payos; y me le meó de las rodillas para abajo. Se dio cuenta el costero y de un empellón le mandó al piso mientras Fandanguillo se columpiaba en las últimas estrofas de un nostálgico fandango:

«¡Quién estuviera en Valverde!, en la venta del camino debajo de un pino verde...».

Un buen día nuestro héroe en una de sus reapariciones intermitentes entró en el bar Avión, por primera vez en silencio, y frente al espejo, como un pistolero del Lejano Oeste, pidió un café con muda gestualidad, como un fuera de la ley. Llevaba un alzacuello de gasa, estilo cura, que le velaba el pasapán[45], y por señas indicó al barman que el silencio le venía del cigarro, señalándole el que recalcitrante se estaba fumando.

Lisardo canqueaba al compás de una dama o un caballero.

EL ABOGADO LUSTRABOTAS

SI EL MENTADO PEPE el limpiabotas daba el prototipo del lustrador caballero y honorable; la plaza de limpia pícaro, ingenioso y *vivalavirgen* se la ganaba cada día a pulso Lisardo el de las Chumberas.

Era un personaje escapado de las reales y verdaderas historias de Pepe Monagas. El estilo vital del Lisardo se definía como cantinflesco. Como el mejicano, se liaba con frases cultas entreveradas de jergacalle. Canqueaba también a lo compadrito y se le resbalaban de nalga los vaqueros.

Le distanciaban del mexicano, las intenciones. Los personajes de Cantinflas reinciden en hacer el bien a sus semejantes; nuestro *cabayero* también, pero más bien a un solo prójimo: su menda. Por lo demás, respetaba a la gente puesta, que está en el mundo, pero aplicaba tratamientos de choque a totorotas y toletes[46].

A los ajumados —guiris y del país—, que él definía como vinagres jediondos, se arrimaba servicial a ayudarles en una retirada a tiempo. Más de una vez los persuadió de guardarles las cadenitas de oro.

—Se las guardo mirando por su bien, hasta que se les pasa la picareta [47], *pa* que los chorizos no les tranquen.

En eso no mentía. Luego escurría el bulto y no le veían más el pelo.

—Les hago un *favol*, decía, así espabilan y se controlan con la picareta *pa* no *gorvel* a tener un tropiezo.

Si por la noche malvestía a lo Cantinflas, la caja en una mano y la banqueta en la otra a la busca de zapatos, algunas mañanas se le veía por Vegueta, hecho un brazo de mar, bien enjaretado con terno gris Pierre Cardin, corbata con alfiler de oro y gemelos, mariconera de ejecutivo en mano.

Seguro que iba o venía de los juzgados a la busca de primos. De ver muchos juicios abiertos, había asimilado modos, tic, verborrea jurídica de la gente de leyes; lo demás, chupado; de vez en cuando topaba con un pringadillo que mordía el engodo[48], le pasaba su tarjeta de colegiado y se interesaba por su caso tomando un cafelito en alguna cafetería aledaña a los juzgados.

Un primo, comiéndose el coco con su problema, novato en las garras de la ley, a veces no distingue mucho entre una pulida mano jurídica y otra zarpa descuidada de uña negra.

Las paletas jurídicas no suelen ser desportilladas; pues pese a la ausencia de algunas piezas dentales y a los bastes[49] tintados de crema, el tolete se dejaba llevar por la jerga jurídica del picapleitos y el cebo universal de vender duros a peseta y omegas a mil pesetas. Con un depósito de veintemil pelas, cuantía por debajo de lo penalizable, firmaba un recibo ful[50] al primo y hasta siempre. Luego andaba ojo avizor por si se le aparecía el julián[51] en el rostro de un cliente o al revolver de una esquina. ¡Cuántas negras dio y a cuántos julais[52]!, ese es secreto profesional.

Pero no lo es que tuvo problemillas, que le llevaron de su rol de letrado ful al de procesado de verdad, problemillas que le valieron fama efímera en columnas de prensa. Pero también desistir de sus diligencias jurídicas, en las que algunos cercanos a él más que ansias de lucro veían nobles inquietudes vocacionales de un ciudadano que con acceso a la educación podría, como redomado granuja, haber brillado en el ágora.

Al igual que como protector de borrachos, como taimado enteradillo que lleva al huerto y da negras, se consideraba benéfica vacuna —como la del tétano o la polio— que inmuniza contra los palos grandes, de muchos perras, acechantes en un vendedor de fotingos[53] de segunda mano, en un promotor inmobiliario del partido en el poder, en una misteriosa llamada telefónica o en un inspector de Hacienda chungo —eso de considerarse una benefactora vacuna es muy común entre timadores, creyéndose algunos con derecho a subvenciones de protección oficial como los peliculeros—.

Aparte de competente letrado, al nota, como limpia en el Parque, le salían sus noches de *playboy* para guiris en cuarentena, preferentemente escandinavas libadoras de lumumbas o de *bayleis*; si llevaban sorna[54] en los dedos o al cuello mejor, ¡a quién no le atrae el colorao[55]!

Muy al día, en esta época de la publicidad, no le faltaba un álbum con fotos de despelotes nocturnos en trance de cobijar, tríos con matrimonios celebrando su priapismo y alguna mariquita rubia también en el lote, pregonando el ecumenismo sexo-socio-económico del titular.

Y aparte de los ingresos por *playboy* sacando brillo y lucimiento a lo que no tiene mucho que ver con el calzado, aunque sí con el calzador; en otras dos pericias destacaba Lisardo: como abusador buscarruinas y como machango de chonis.

Los clientes de la primera solían ser canariones o peninsulares pringadillos, malcriados y patosos de mal beber que sin tener media hostia entran al trapo. Les aplicaba un potente tranquilizante sin aditamentos químicos: el cabezazo. Trincándoles por las orejas y el pelo les arrimaba la chopa contra la embestida de su frontal y al soltar iban de culo al piso la mar de tranquilitos.

Una vez se equivocó y aplicó el tratamiento a un *pringao* que no lo era, pues resultó ser un nota con fundamento, director de una sucursal bancaria, que en el topetazo se chafó la nariz. Tal metedura de pata, o sea de cabeza, le obligó a quitarse un tiempo de la circulación por si le había denunciado.

Fuera de eso, escasos percances se saldaron en su contra. Un pesca coreano, de careto más duro que su cabeza, le arrimó una picona de destripar atunes al cogote dejándole una cicatriz de la que estaba muy poseído.

Otro encuentro a su disfavor con un morito de cabila le costó un costurón en la barriguita. Aunque hubo quien, tan gloriosa acción de guerra, la catalogó, bien informado, como una vulgar intervención quirúrgica de una úlcera de duodeno.

Y la seducción de una lolita en los límites de la edad, perpetrada en los barracones de Pedro Hidalgo, le aparejó un viaje en el lomo, a manos del abuelito de la pibita que le cogió indefenso cuando cobijaban. Ese percance le quebrantó y le puso años y discreción encima, volviéndole en lo que cabe más caballero y señor.

Como comerciante eventual practicaba la venta de cachorros también con notable aprovechamiento. Nada infrecuente entre marginales y buscavidas, tenía perras de vientre con pedigrí, y las camadas de cachorros las iba sacando con las turistas que se apiadaban del perrillo atado a la caja betunera en la esquina de Ripoche gañendo de hambre o de la apretada atadura y la falta de libertad; a veces, además de la venta, con el señuelo del chucho, le salían ligues con el consiguiente incremento de beneficios.

En la dimensión de payaso se realizaba como machanguito en el mismo ejercicio profesional de lustrador de zapatos. El número del perrito, que ejecutaba solo de tiempo en tiempo, cuando tanteaba terreno abonado, desternillaba de risa a su clientela.

Se iniciaba cuando, postrado a los pies de una indoeuropea rubia inclinada a las carcajadas etílicas, acompañada o no de su maromo, tanteaba con latidos y ladridos perrunos la disposición del personal. Si encontraba risueña acogida seguía el vacilón, lamiendo y mordisqueando tobillo y pantorrilla en plan canino, si el hilarante subía y se contagiaba a otros veladores, se llegaba al desternille compulsivo en que la risa hace saltar la silla con la gorda de turno rodando por el pavimento.

El can, sin dejar de ladrar mucho y bien, se aventuraba bajo la siempre escasa falda, comportándose ya casi como chucho pilonero. Esas situaciones, impensables con damas y damiselos de celtiberia, casados o sin casar, de la buena vida o de la mala; en ciertas aburridas parejas danesas u holandesas... que venían con el cuento del sol del sur, ellas a desahogar su romanticismo y ellos al reclamo de la insólita y regalada oferta etílica, la pantomima del gozque lamerón ladrador y limpiador de zapatos les ponía la marcha a cien y lustraba los calzados del entorno con *propinejas* de aguinaldo. Solo una vez un marido sub calderoniano, con punto de honra y mala bebida. le corrió a sillazos.

También en el campo de las machangadas tenía mucho arte con el mimo. Por entonces, cuando se quedaba en paro tras filmar alguna peli, actuaba en el Parque pasando un platillo por la voluntad un actor gallego ya considerado entonces, y hoy súper famoso: Celso Bugallo, oscarizado como padre del hemipléjico de la película *Mar adentro*, cura rural en *La lengua de las mariposas*, protagonista en *Los lunes al sol*, *El lápiz del carpintero*, *La vida que te espera* y muchos otros film de éxito. Enjaretado de mimo, la jerol bien albeada y pintarrajeada, pantys blancos ajustados al cuerpo marcando paquete, camisola ídem, imitaba con mucho arte, los andares y movimientos, retrocesos, arrancadas, paradas y suspicacias de los viandantes de ambos sexos.

Puesto a su lado. fotocopiaba sus andares hasta esquina de Ripoche, siempre alerta a esquivar el bulto si alguno sacaba la mano a pasear, arrancando contagiosas carcajadas y calurosos aplausos del público en las terrazas y se forraba haciendo caja, ganada la voluntad del público

Lisardo, enmonado de birra, dio en imitarle pero más a lo bestia, exagerando la patosería, la beodez zig zag, el arrastre de arrobas, el *contoné* lila, o incluso alguna vez, ya pasándose de mal gusto, la aparatosa cojera de pisapapeles.

Las risotadas se multiplicaban epidémicas y la buena acogida de los imitados en aquel tiempo cordial, sorprendía, aun pasándose a veces cuando en plan *cowboy* de rodeo remataba la faena cabalgando los lomos de un gordinflón o una grandullona. Pero, como un hijosdalgo de entremés, sin pasar el plato, buscando solo el reconocimiento artístico.

Le salieron promotores empresariales dispuestos a promocionarle, empertigándole en roperío de mimo de Carnaval para lanzarle muy en serio en los cabaret. Le pusieron una pasta en la mano como anticipo de lo que iba a venir; pero él, en un gesto de fijosdalgo que desprecia el mercantilismo a la americana —nada consecuente en un granuja que igual se rebajaba a ejercer la abogacía, como espabilaba a un borracho—, siguió con la caja de limpiabotas y el manual jurídico de El abogado en casa. Y a sus mentores les cortó con un:

—El mimo ese o como le digan me gusta a mí de capricho o, como dicen ahora, de *hobby* y punto. Como profesión a tiempo completo lo veo *demasiao payasete*.

Y solo en días de mucha cerveza se le ve al lado de algún guiri moviendo el esqueleto a su compás.

PSICOTERAPIA DE LA GESTALT

EL POLIFACÉTICO CANICHE, Lisardo el de las Chumberas era el limpia preferido por la alemana Marian para lustrarse los botines blancos, mientras le oteaba los bajos con acompañamiento de piropos entreverados de humor y salacidad.

La judía berlinesa Marian Krestin, psiquiatra en ejercicio en el barrio viejo de Berlín, especialidad psicoterapia Gestalt, teatroterapia, o psicodrama, militante en las ideologías ácratas que protagonizaron episodios terroristas en la Alemania de los setenta; gustaba en sus vacaciones canarias ponerse morada de sol, *drinqui* y churrascos de *grill* pampero en el Novillo precoz o en el Topsi, alegando que en Alemania ya iba de abstemia y vegetariana.

A fines de los 70, con el Carnaval renaciendo de sus cenizas no perdía año; pero ya de antes organizaba sus propias carnestolendas en noviembre o Navidad, y la historia de un carnavalito suyo sui géneris empezó saliendo de noche a las terrazas de Catalina Park ataviada de puta marsellesa, emperchada de modelitos de película americana de los felices años veinte.

Los morritos pintados de morado, formato corazón y dos lunares postizos por la barbilla; cantidad de rímel en las pestañas postizas y un perfume fuerte y baratillo: Sueños de París, muy valorado en el África francoparlante. Tacones de aguja, cazallera voz de coñac, tabaco Kruger y costo afgano.

Por deformación profesional siempre buscaba pacientes con los que entregarse a sus juegos terapéutico amatorios. Después de fracasar en la rehabilitación emocional de un gitano de Recova —tras cobijársela se la pasó como lo más natural del mundo a sus primos, en plan comuna cavernaria—, contactó con un pintor retratista a lo parisién de los muchos que pululaban en el Parque. Como los antiguos de Montmartre, se tocaba de boina vasca y eso la entusiasmó, dando por hecho ser un fugitivo de la ETA en disfraz de artista, necesitado en su estado emocional —el estrés del perseguido por la justicia— de escenificar en la terapia Gestalt el gratificante rol de chulo.

Y como a ella le atacaba de modo intermitente, como las cuartanas, el síndrome de *La Belle de jour*, como puta frustrada o Mesalina, decidió teatralizar sus respectivos conflictos con el loable fin de lograr mayor estabilidad emocional y una personalidad más sólida, o sea calidad de vida.

Se veían a la noche, acabando él sus carboncillos de velador en velador. Como ya de por sí gastaba botas tejanas, vaqueros de campana y paquete, baqueteada chupa de cuero, pañuelo de seda chulo, pelambre hasta los hombros y arete en la oreja, Mariana decidió, introduciendo algunos cambios, mejorar la estampa ya macarra del protagonista. Así, una mañanita soleada dispuso ir de compras escenificando al estilo Gestalt: él, de camisa vaquera y botas tejanas, y ella a lo lumi marsellesa, de morado oscuro con puntillas.

Empezaron por una *boutique* chapurreando en su castellano de medio pelo.

—Buenos *jour*, *po favo*, *quero* para mi chulo-chulo *uno* camisa seda unisex. —A él le tocaba solo oír, ver y callar, lo que ella definía como hacer de hombre objeto. Tras enjaretarle la *lima*[56] al chulo–chulo; tocó el turno a una zapatería de caballero y vuelta a escenificar en su mal hispanis con deje tudesco—. *Quero unos zapata* tacón cubano para *me* chulo-chulo. Y el hombre objeto a probarse y a callar.

Salieron, él bien calzado por la jerol, ella, encantada del buen norte de la terapia; por supuesto pagando, y continuaron hasta una joyería..., más teatro.

—Quero para mi chulo-chulo un *cadeno* de oro para el cuello y una pulserita por la muñeca. —Y el hombre objeto a probar cadenas y la señora puta a pagar, tan feliz, y carretera.

Y luego en la perfumería, la misma canción:

—Quero para mi chulo-chulo *un colonia* de chulos. —Tras olisquear unos cuantos, se decidieron por *L 'homme* de Jean Paul Gaultier.

Faltaba la visita a una sombrerería en las cercanías de Catalina Park, para salir con la boina marsellesa a cuadros, terciada sobre la frente, de su tres veces chulo. Ya bien pertrechados, se papearon un buen churrasco regado con un tinto de reserva en el Topsi, un *grill* argentino, poniendo ella, por supuesto, y él de sufrido hombre objeto como requería la teatro-terapia Gestalt.

Para la primera noche, como plato fuerte de la sesión psicoterápica, ella, con las tetazas de pintado lunarcito rebosando el nidal, cantando fuerte el puteril perfume, con su hombre objeto de floreada camisa unisex, cadenas de oro, la visera a cuadros, brillantes zapatitos de tacón cubano y bien empapados pescuezo y sobaquera de varonil perfume; decidió Marian tomar un coche de punto, rumbo a las calles Andamana, Princesa Guayarmina, Roque Nublo..., todas de puteril ambiente.

Se trataba de ocuparse en un burdel con derecho de puerta y cama y las gestiones corrían a cargo del hombre objeto y tres veces chulo, que pronto contactó con una enjoyada Madam, con deje *sevillí*, muy señorona, fina y resalada que rápidamente se hizo cargo:

—Aquí toda la que quiera ocuparse y esté de *guen ver*, *tié* su casa, mi *arma*, siempre que aporte la astilla[57]; lo que no *queremo* son más problemas con travestones, que ya tuvimos uno y lo botó un coreano por la *asotea* al descubrir er pasteleo.

Con tan buena entrada, Marian se recostó en el quicio de la mancebía moviendo el caderamen que bajo el morado del tejido transparentaba algo del blancor de las bragas. A su lado, una opulenta astur, la Mariví, sentada con abandono, abría y cerraba los muslos en un *flash*, dejando un segundo vislumbrar la penumbra de las bragas ausentes.

Del bareto de la otra acera, rebosante de cabritos, de vez en cuando algún encandilado pez se aventuraba a picar el engodo. Allí, por común acuerdo y cumpliendo con el guion del sainete, debía esperar el chulo-chulo hasta el fin de la teatro-terapia de choque que con tanto hiperrealismo practicaba la psiquiatra alemana.

Estaba con la tercera ocupación cuando sobrevino la marabunta; la calle acordonada, cerradas todas las salidas, las lecheras[58] de la madera [59] sonando y los maderos sacando jais medio en pelota picada de los ocupaderos y todos y todas al furgón.

Mariana, a medio vestir, y su hombre objeto, despertaron la suspicacia de los grises; esos *poirots* uniformados, tan celebrados por su sagacidad.

Ella, mostrando la documentación y haciendo hincapié en no ser prostituta sino psiquiatra de la Gestalt y que su chulo no era tal chulo sino un *partenaire* de la terapia, les sembró más la duda y la cautela tras los que la sagacidad del sabueso vislumbra oscuras tramas políticas, trata de blancas y negras, narcotráfico, blanqueo de divisas, tráfico de influencias etc. Setenta y dos horas pasaron detenidos los actores de la Gestalt y de postre un interrogatorio de los señores de la pasma, [60] que ya son otra cosa, y que no salían de su asombro a medida que —hablando se entiende la gente— se aclaró el caso, celebrado con indisimuladas muestras de vacilón.

Los actores, ya libres, y aligerados en el trasiego de alguna cadenilla de *colorao*, fueron al Catalina Park a celebrar su libertad, donde se encontraron a un compadre gallego y matusalén, Montecrís, que había echado los dientes de leche cuando la guerra de Cuba y pasado muchos años en la República Argentina. Al contarle sus avatares de los últimos días, les salió por milongas y cogiendo una silla de *partenaire* les bailó un legendario tango cantado:

«Lo que hace falta es empacar mucha moneda, rifar el alma y vender el corazón y tirar la poca vergüenza que nos queda».

UN EMPRESARIO DE CARNAVAL

SI A MARIAM, PSIQUIATRA de Berlín, el carnaval le servía de Psicoterapia de la Gestalt pese a los quebrantos económicos y contratiempos de orden público; a otros como el Catire el disfraz carnavalero les supuso el principio del largo camino que acaba en el éxito capitalista.

El Carnaval, ¿quién lo duda?, es la apoteosis de la desinhibición, la catarsis terapéutica, la creatividad sin freno, la fantasía sin límite, el mundo al revés. En las Carnestolendas de antaño ataban latas a las colas de todo perro o gato despistado, se les hacía nunca mejor dicho mataperrerías, gamberradas desaparecidas tiempo ha por la positiva evolución de la sensibilidad colectiva. También se tragó el olvido los personajes de la España Negra de los grabados del pintor Solana, los disfrazados de Menegilda o destrozona que amparándose en la máscara y en las oscuras sombras del candil, sin dejar de columpiarse en un chotis, al que les caía mal le metían la sevillana por la espalda.

Hoy es un espectáculo maravilloso que los más imaginativos carnavaleros del pasado nunca hubieran podido soñar, y, como en el teatro del absurdo, la realidad a veces se vuelve ficción y la ficción realidad y las situaciones inverosímiles se multiplican como setas en el juego del antifaz y la ambigüedad. Prueba de ello es la historia del Catire[61], al que tan buen resultado le dio disfrazarse ingenuamente, sin segundas intenciones, de Billy el Niño: tejano de cuero, pistolas de coleccionista en la canana, zahones de mayoral, botos con espuelas, pañolito al pescuezo, camisa granate a cuadros, reloj de bolsillo, y para más autenticidad, canelo, melenudo y chapurreando inglés, y un cartel en la espalda que decía: Se busca Billy the Kid...

Al principio Billy the Kid se dedicó a asaltar de broma a los coleguillas, amparado en la mascarita y la simulación de voz, pero cuando un colocado de farlopa con manía persecutoria le dio veinte duros diciendo:

—Toma. colega, pero no dispares por favor.

Se le iluminó la llama del genio que según Bécquer duerme en el fondo del alma y empezó a planificar los tranques para seguir la racha de pequeños beneficios económicos. Les caía a los conocidos y no tan conocidos con el socorrido:

—¡Manos arriba!, la bolsa o la vida; u otras veces: ¡Manos arriba..., veinte duros o la vida!

Repitiendo la historia, cosechando triunfos y fracasos, fue afinando la destreza para escoger a los clientes más idóneos, montándose el número con más y mejor vacilón, cuidando no repetir los tranqueados.

Las noches de mogollón tenía que ir a casa unas cuantas veces a descargar los bolsillos, colocando a su hermano de contable y para liar los cilindros de perras que para cambios truecan en los baretos por billetes. Y el martes de Carnaval abrió una cuenta corriente en la Caja de Canarias, la primera en su vida y probablemente la última. La cosa rodaba.

Como venía de seguido la marcha de las murgas a la Playa del Inglés, allá se fue y tuvo aún mejor reconocimiento que en los mogollones de Catalina Park.

Al año siguiente volvió a salir de Billy the Kid; más profesionalizado, más pistolero, de guantes y antifaz negros, más parecido al Zorro que al Niño, y cometió el error de subir la tarifa a los clientes, que dieron en protestar y mostrar reticencias. En la calle Tomás Miller se equivocó con un conocido, coleguita de su barrio, que estaba en funciones. Era uno de los fichajes que la Comisión de Fiestas de Carnaval sitúa estratégicamente en las calles para controlar, por toda arma un silbato —recuerdo del silbo gomero— y una cinta roja identificatoria en el brazo.

Se resistió al festivo asalto o *tranque* consentido y sujetó al legendario pistolero de Nuevo Méjico. Este intentó desasirse de Pat Garret, que sopló en el silbato. Llegaron, súbito, los municipales y el que le desenmascaró resultó ser su concuño:

—¡Coño, Chano! ¿Qué anda haciendo así? Una historia es disfrazarse y otra andarse a levantar las perras a la gente entre bromas y veras. A lo que contestó...

—Yo lo que hago es pedir, pero de vacilón.

—Pues ¿sabe lo que le digo?, que se vaya *pa* la Playa el Inglés con esta machangada, que el sábado empieza el primer mogollón. ¿Oyó *osté*?, porque si le topa un compañero por aquí, le va a *detené*, que ya se han *corrío* las mataperrerías que andas haciendo de palanquín... Yo de momento me quedo con lo que llevas *recaudao*, que si te la encuentra otro, va a ser mucho peor para ti. *Pues* tener cargos, lo que te hemos *pillao* haciendo son tranques a mano armada en la vía pública.

Luego le dejó ir, pero ya con la mosca tras la oreja; redujo la cuantía, se perdió por los mogollones en los chiringuitos del paseo marítimo donde picareta y gamberreo se dan la mano, y unos chandaleros de Jinámar, en contra de las no escritas leyes del Carnaval le quitaron la mascarita y, al resultarles cara conocida del Barrio de La Feria, tras burdos abucheos le decomisaron la caja y las pistolas. Desarmado, ya no se le vio sembrando el terror por el Parque y sus inmediaciones. Acaso fue al Sur o al tan afamado carnaval de Tenerife, no se sabe.

El hecho es que, como fenómeno insólito y único, no le salió ningún imitador ni sucedáneo como al menos les salieron a algunas figuras legendarias del carnaval como al Charlot de Las Palmas y a Lolita Pluma, que algunos hicieron por ocupar sus tronos vacíos y desempeñar sus pantomimas, aunque ninguno consiguió del público el reconocimiento que buscaban.

Al morir el genial Charlot rodando fatalmente por una escalera, se estrellaron los que intentaron su *revival*. Y pasaron sin pena ni gloria lo menos tres imitadores que intentaron ocupar el sitio tan lucrativo que dejó la inmortal dama ilustre Lolita Pluma, musa del guirigay del Derby y de los chiringays de Carnaval y reina de las gaviotas del mar y de los gatos de la luna. Lolita, no tan Lolita como la de la peli de Nabokov, murió con cerca de noventa, casi en olor de santidad, por su dedicación franciscana a los felinos huérfanos y desvalidos. Con su indefinible rostro pintarrajeado como un apache en danza de guerra, como una sacerdotisa del cuerno de África, grabada en vídeos, dio la vuelta al mundo y de vivir hoy le hubieran montado sus fans una página Web en Internet; pero sus imitadores —un cóctel de travestismo, mimetismo y empatía sobre estimulada por la caja que Lolita hacía cada noche— fracasaron. Dos no duraron un Carnaval y otro más tenaz y terco aparece y desaparece en cualquier época del año, con sus enaguas y su cestillo de chicles, afeitados los musletes como cualquier metrosexual, y vende algún chicle que otro. Ha conseguido al fin que algún tenderete de parranderos le reconozca como Lolito en plan guasa; pero a los pocos días tira la toalla, aburrido de que la concurrencia ni lo ve; y si no lo ve, cómo va a comprarle los chicles.

El sordo desacreditaba a la competencia sin abrir la boca.

UN PINTOR TERRITORIAL

OTRO PROHOMBRE, AFÍN por ideas sociopolíticas a Pepe el limpiabotas, que gastaba en ropa menos que un ciego en novelas, pero ponía cada mañana sus zapatitos en la caja de Pepe, para un lustre a coste de abono, era conocido como El Sordo, cacereño de la comarca del Tajo, de las tierras donde se cuaja la famosa torta del Casar, que tuvo el honor de ser el primer dibujante de retratos que sentó plaza en el Parque Santa Catalina.

El Sordo había estudiado un año en la escuela de Artes y Oficios de Cáceres. Él lo contaba divinamente.

—Estábamos en la besana labrando un servidor y dos gañanes *ajustaos* a jornal y aparamos a yantar las migas en un abrigo de pastores. En estas que llega, en un alazán *enjaezao* en plata, la duquesa de Valencia, el ama de *tol* contorno, y se apuntó a las migas, que tonta no era. Yo, ni corto ni perezoso, en el *encalao* de la pared, con un tizón de la lumbre, esbocé el perfil de la duquesa, que lo gastaba de águila imperial. Los otros dos gañanes me tomaban el pelo cuando saltó la señorona: *Reírsos, reírsos,* que vosotros no saldréis nunca de entre estos terrones y Serenín llegará lejos.

Y a la vuelta de unos días la marquesa habló con mi padre ofreciéndose a pagar los gastos de mis estudios en la escuela de Artes y Oficios de Cáceres en plan mecenas, y en cuanto a llegar lejos —decía, con humor carpetovetónico—, no he llegado ni llegaré al museo del Prado, pero sí hasta el Brasil... Mi padre, que aparte de unas modestas propiedades y un atajo de ovejas labraba en renta unas iguadas de la marquesa, no estaba contento conmigo, no me veía muy dispuesto para la labranza.

Mi hermano mayor era un jabato. Con el azadón en los puños removía el terreno como un tractor, en cambio yo prefería soltarme con el lapicero en cualquier papel que pillaba antes que disfrutar de la pesada pluma campera.

Y en ese estilo contaba también cómo su padre, viéndole con no mucha afición a la labor, se dijo:

—Pues nada, que se vaya a Cáceres a ver si me sale un emérito.

Pero al tiempo le llegaron barruntos a su progenitor de que los pintores eran unos muertos de hambre; habiendo uno muy nombrado en Cáceres, que vivía de bohemio, viéndose en ocasiones precisado a hacer cola en los cuarteles por un cazo de rancho.

Como su padre carecía de inquietudes artísticas y pensaba que con las cosas de comer no se juega, lo quitó de la escuela, donde ya destacaba no solo copiando escayolas sino dibujando de memoria, de su magín, magníficos caballos en movimiento. Volvió a la mancera y al sacho:

—Mi padre —decía—, le daba a mi hermano las mejores tajadas de magro y a mí mucho pringue y gachas. —Era la historia de siempre de Esaú y de Jacob—. Mi madre me ayudaba a escondidas; pero mi hermano, buen cazador, volvía con el morral lleno de torcaces y a mí me tocaba una miaja de las sobras, así él estaba cada día más hecho un mulo, y yo cumpliendo malamente y dibujando a escondidas como si fuera un maleante...

En estas llegó la guerra y nuestro pintor se vio en el Alto de los Leones de Castilla, pinchando rojos con la bayoneta, que no le hacía ninguna gracia, hasta que un día un miliciano atravesado, en lugar de hincarle en la barriga, que es lo propio, le repasó la mano artista y no le cortó luego el culo porque corría más. En la enfermería le notificaron que por un centímetro no se había quedado manco como el de Lepanto, y mostraba la cicatriz del evento que a punto había estado de acabar con sus prodigiosas capacidades creativas.

Después de la guerra, por independizarse de su padre, contrajo matrimonio con la hija de un cortador que mataba ganado ovino robado y al que tuvo que ayudar, a veces, en tratos dudosos, acarreando modorras sin esquilas, en noches sin lunas, por apartados cordeles. Tuvieron un chinijo y una chinija, y él seguía dibujando caballos. Ya tenía en su carpeta más potros que hay en los pastizales de toda Andalucía.

Mas su señora no aprobaba su despego para con la mancera y el azadón; total, por diseñar caballitos de papel.

—Mira que eres a bulto —me decía mi señora—, si al menos los amasaras de miga de pan, como la maestra Doña Visitación, los podíamos freír como torrijas pal almuerzo.

Ya se había acabado el estraperlo, ya no pagaban por costal de harina o de garbanzas las perras de antes; las cosas iban de mal en peor, muchos del pueblo salían echando ostias *pa* Barcelona o las Vascongadas, otros *pa* las américas.

—Yo —decía irónicamente— me acordé que la duquesa de Valencia me aseguró que llegaría lejos, así que me fui a la dirección de un paisano que currelaba haciendo mudanzas en Río de Janeiro.

Para un maúro belloto, Río era mucho Río, se perdía por una *rúa* y se encontraba por otra. Encima transpiraba con las mudanzas más que en la besana, gustando tan poco él de sudores. Así que como dice la copla de la época sobre el emigrante: sombrero en mano volvió a España y al verla se descubrió —surrealismo del bueno—.

Su destino era Barcelona —donde ya su señora le aguardaba en plan Penélope, con derecho a cocina en casa de un cuñado rijoso y de poco fiar—, pero haciendo escala el barco en Tenerife. Salió a estirar las piernas y por las terrazas del puerto vio a un tal Olaki, un judío navarro de apinochada nariz y boina de cabezudo de feria, que dibujaba a los chonis, itinerante de velador en velador.

—Y me dije ¿por qué él sí y yo no? Dicho y hecho. Compré papel de dibujo y lápices de carboncillo, en una carpintería me prepararon una tabla de soporte y empecé a practicar en los tabernuchos con borrachines que se me prestaban a posar a cambio de unos vasos de Tacoronte. A la semana ya había hecho otra vez la mano y, como quien pinta caballos, pinta hombres, que para el caso es lo *mesmo*, me mandé tres tintos de Tacoronte y bastante acojonado, con los precios que me escribió uno en inglés, y sin saber una palabra de alemán, de sueco o de irlandés, me lancé a las mesas de las terrazas con el mismo pregón del navarro Olaki: *Portrait, portrait verigut, verigut portrait* Y me salió redondo, hasta la fecha, que me vi aplaudido y aclamado por los guiris, comiendo a la carta en buenos restaurantes, pagando holgado una pensión decente, tomándome mis *whiskys* etiqueta negra y todavía me sobraba para meter en el banco, mandar a mi mujer y darme de vez en cuando un bureo por el barrio golfo de Miraflores, donde no me faltaban gachís que me cambiaban un rato de cama en trueque de retratarlas algún hijo o familiar de una fotografía, difuntos incluido, o a ellas mismas en bolas, que hasta en una ocasión retraté a una navarra veinteañera por una ocupación, tanto gustó que me vino su madre al otro día a lo mismo, una cuarentona, la retraté con el correspondiente trueque, aunque con menos satisfacción y al otro día me vino la abuela entusiasmada, una sexagenaria con el arroz ya *pasao* y la fecha de caducidad borrada y como pude me escabullí del compromiso que se me descompuso el cuerpo. Muchas anécdotas me pasaron en el Barrio de Miraflores...

Pero el bueno de Serenín no contaba con Olaki, que se decía haber sido profesor de dibujo y modelado en la Escuela de Artes y Oficios de

Pamplona, un hombre muy territorial y alérgico a los intrusos que no tardó en mandarle palanquines pagados que le encargaban un *portrait* y luego le armaba la bronca:

—Usted es un timador como una casa, si este soy yo, mis cojones son claveles. Me parezco como un huevo a una castaña; y si quiere cobrar, vamos a cobrar a comisaría, a ver si usted tiene título *pa* pintar o es un impostor.

No ganaba para sustos. Otras veces eran los municipales, entonces solo modestos guindillas, que se ganaba Olaki a base de propinas, rones y enyesques[62]. Total, que habiendo oído mucho y bueno de Las Palmas, allá se fue y allí le iba divinamente.

Durante años fue el rey de los pintores, y el mejor, no habiendo otro en el Parque de Santa Catalina. Un día inolvidable posó para él de «colega a colega» el gran artista César Manrique, quien le felicitó por su talento y se hizo una foto con él en donde Vargas, el gran retratista del Parque, foto que luego enseñaba para presumir de colega ilustre. Con su boina de mago mesetario, su aire al Goya, también sorderas malencarado de los billetes verdes, siempre empertigado de americana, aún con solajero; gordufo, fondón de buena baña, y trotón apresurado, las muestras en la zurda y lápiz en ristre en la diestra, danzaba de velador en velador ofreciendo un *portrait* a los guiris. Se estaba haciendo rico, en el banco la cuenta engordaba; le salían muchos encargos para pintar murales en los baretos del Muelle Grande, su señora le escribía llamándole de todo y nada bueno. Y él, teniendo la mar por medio, a mí plin. Eso sí, mandaba giros para contentarla, por eso de que el oro, como la música, amansa las fieras.

Todo iba viento en popa cuando un día se acabó lo bueno, o al menos lo óptimo. Corría el año 1968, ardía París con la revuelta estudiantil y ya no iba a ser nada igual: la invasión de los pintores de Montmartre se acercaba.

El primero de los conquistadores de París fue un mejicano chiquito pero matón como el del corrido. Echaba los inviernos en París y los veranos se los montaba de novilladas turísticas, en los carteles El Troni, que entre novillada y novillada hacía retratos y caricaturas, cuando no tocaba la guitarra con grupillos flamencos: todo por la pasta y hasta había sido finalista del Planeta con una novela sobre las andanzas por Salamanca y Andalucía de un novillero de Nueva España.

El Troni torero, como artista firmaba con el nombrete de El Compadrito. Se metió en el terreno del goyesco Sordo y le ganaba la partida; se defendía bien en inglés, iba de treintañero, no de cincuentón, lucía pelambre acaracolado y cañí, coleta torera y se llevaba de calle a los clientes. El Sordo, que se creía dueño del Parque por la gracia de Dios, bramaba y rechinaba las paletas.

Al saber que su rival gastaba albaceteña, de cachas de nácar; él, que nunca llevó nada encima, por no ser menos le compró a un marinero coreano un cuchillo de destripar atunes, de los que se abren como una flor de pétalos de acero y al tirar de ellos se vienen con todo el tripicallo de los pescados o de los cristianos.

Contaba que lo había comprado para aplicárselo a Cianuro —así bautizó al Compadrito—, a la primera, antes que dejarse sacudir, ya que el nota al parecer también había hecho sus pinitos como boxeador del peso *welter* y ya había hinchado el morro a más de uno. Cuchillo aparte, recurrió a las tretas de Olaki aprendidas en Tenerife: untó a un machango de la isleta para montar el número al Compadrito, y el resultado fue un machango con un ojo morado y la piña atufada.

Recurrió a un guardia civil, paisano y compadre suyo, con destino en Las Palmas —veterano camarada en el Puente de los Franceses, cuando el sitio de Madrid—, para que solicitara el permiso del ayuntamiento al Compadrito, del que carecía.

Ni por esas, el matador de reses bravas no se arrugaba. Recurrió el Sordo a la contra propaganda a lo Hitler.

—Me sé de buena tinta que ese maleta de Jalisco es un impostor que engaña al mundo, no ha estudiado dibujo ni sabe hacer la o con un canuto, ese es un alzado de la Justicia de su país, me consta que es de esos que buscan un sitio en los toros mariconeando con un *apoderao* parguela... —La propaganda le llegaba al Compadrito, que de bueno tenía poco, y ya solo esperaba, a fuer de taurino, una oportunidad.

Un día, mientras firmaba su trabajo, leyó en la expresión de sorpresa de su cliente que algo pasaba por detrás. Lo que pasaba es que el Sordo con expresivas gestualidades de mudo transmitía que aquello era una machangada, que cualquier parecido con la realidad era pura coincidencia, recomendando no pagar. Venía siendo lo mismo que le hacía él a veces también al Sordo.

El último gesto de invitación al impago lo visualizó el Compadrito ya puesto en guardia en el *ring* y mandándole al del Casar un gancho de izquierda al barrigón y luego un *uppercut* al careto. Ya en tierra, la emprendió a puntapiés buscando cascarle los cataplines, y de propina le cerró la piña protestona con un viaje de coces que le voló —para su bien— una paleta picada, que no se sacaba por el coste y que luego fue de oro, y al Compadrito tuvieron que meterle unos cuantos puntos en la cabeza, fruto de la colisión con el canto del tablero de dibujo de su antagonista. Vinieron los municipales y los llevaron detenidos; luego se denunciaron mutuamente y todo quedó en nada, salvo una cartaginesa enemistad entre un descendiente de los castúos conquistadores de México y otro de los chichimecas de Jalisco.

Pero el mundo da tantas vueltas que cuando empezó de verdad la marea *hippie* y el Parque se llenó de pintores que decían venir de París, aunque algunos en verdad procedieran de Lugo o de Villanueva y la Geltrú, resultó que los cianuros se multiplicaron por cincuenta. Tal avalancha puso en peligro la supervivencia de los dos rivales, hasta el punto de que la nueva situación geopolítica los llevó a aliarse fraternalmente contra los nuevos enemigos. Convidando a enyesques y artemis [63] a la autoridad, la inclinaban a que les mantuviera a raya la competencia,

Esta contraatacó convidando a más enyesques y chupitos y otorgando préstamos a fondo perdido. Así solo había unos beneficiados: los que pillaban astilla por los dos bandos.

El Sordo y el Cianuro perdieron la batalla y el respeto. Uno de Pucela y sin permiso, al que acosó sin tregua echándole encima los municipales y al que bautizó con el nombrete de El Quema, se le reviró con unas aleluyas a la catalana con sus correspondientes ilustraciones de cartel de ciego pegadas por las paredes que rimaban:

«El Sordo de Badajoz,

gañán de herradura y coz.

Se cría con la bellota,

entre cerdos y en pelota.

Como ya no pinta nada

no hay pa café ni tostada.

En el Parque sin dinero

vende el culo al extranjero,

pero no encuentra ni clientes:

cantazos se da en los dientes...».

Y seguía largo, con escaso respeto a un excombatiente de las falanges de Castilla que peinaba canas, y a quien los fachas más significados le encargaban retratos nada menos que del Generalísimo y la colonia de andaluces rocieros y practicantes de la doma vaquera los retratos de sus caballos jerezanos.

Al tiempo, el Sordo con tan imprevista competencia acentuó su manía persecutoria. Pensaba que todo el mundo hablaba de él, y no bien. Un matrimonio de retratistas franceses le daban grima.

Usaba un lápiz sepia marca Lira, adquirible en cualquier establecimiento del ramo; mas él sospechaba que los gabachos querían saber dónde lo vendían, así que, al ir a la papelería Babón, se metía por calles transversales, daba vueltas y revueltas de perdedero de liebres, se hacía un laberinto por despistar a los espías gabachos que suponía le seguían para comprar el mágico lapicero.

Los que sí le seguían regocijados eran aquellos a los que él había contado su paranoia. Vivía el Sordo en los apartamentos Cóndor y, cuando hubo un incendio en un estudio cercano al suyo, la humareda le entraba bajo la puerta.

Los bomberos avisaban por megafonía a los inquilinos que salieran a la calle; pero Serenín, temiendo una añagaza de chorizos para trancarle, se encastilló en su cubil. Los bomberos lo sacaron por la ventana más muerto que vivo y acabó en el Santo Hospital recuperándose de una crisis respiratoria.

Cuando en la década de los ochenta las oleadas de yonquis enmonados acabaron con el turismo del Puerto, el Sordo fue víctima de varios tranques. No le perdonaban su pesada estampa sexagenaria. De nada le servía esgrimir el cuchillo de flor coreano. Dio en no salir o en salir adrede muy desaseado, a medio afeitar, a lo pobrete; teñidas las canas por simular juventud.

Él, antes tan pulido y cortesano, tan replanchado y limpio, se mimetizaba de matadillo de la tercera edad para no ser pureta-objeto. Dejó de pintar por si le veían cobrar.

En unos años se fue comiendo los ahorrillos. Se metió en los setenta largos. Se olvidó de pagar el apartamento y un día le cambiaron la cerradura. Se vio durmiendo en un banco del Parque. Se acostó con sus zapatitos tan lustrosos y se despertó descalzo. A otro le hacían más falta que a él. En calcetines negros se lo encontró por la mañana el ya nombrado Pepe el limpiabotas.

—¿Quién me iba a decir que me iba a ver así? —dijo El Sordo—, ¡en la calle y sin dinero!

—¡Hombre, Serenín!, tú siempre les decías a los bohemios manirrotos de tu gremio el refrán de: putas y toreros a la vejez os espero. Y a los que te pedían una ayudita para comer: ¿Tienes hambre? Pues comete la lengua por fiambre. Y de los enemigos como el Cianuro te refocilabas: no los mato para que sigan sufriendo malos ratos... Pues ahora te ha cogido a ti el toro.

—Yo me voy a quitar de en medio —decía el Sordo en calcetines—. Y Pepe el limpiabotas:

—¡Qué te vas a quitar!, yo te arreglo una plaza en un centro de ancianos de las Hermanitas de los Pobres.

Se lo arregló y para dentro. Pasado algún tiempo, corrió la noticia de su óbito. Decían que de diabetes.

El fiero Serenín falleció paradójicamente melado y acaramelado por exceso de sacarosa. Pero Pepe, hombre ducho en la calle y sus miserias y en los entresijos de «la mala vida, que es la güena» comentaba la leyenda urbana, con entonación de melodrama celtibérico:

—Le ha *pasao* lo que a todos los que entran en las monjas *en* sin contar con una pensión, aunque sea no contributiva. Los que ponen, duran porque aportan, los que no, una *inyición* y así hacen un hueco a los que están en lista de espera y con dinero en palanca, es lo que llaman ahorita *utanasia*.

LA BARACA[64] DEL AYATOLA

CON UNA RESULTONA ARTISTA parisién —con la que el Sordo más de una vez llegó casi a las manos alegando que le birlaba los clientes encandilados con el muslamen semivelado tras la falda ibicenca— navegó en ansias un devoto de Alá que aterrizó por acá, saliendo de la rueda de la mala fortuna.

Recién escapó del barco, la calle Albareda arriba, en un solar vallado dedicado a taller y desguace, vino a dar con sus huesos un chiita de Irak, natural de Basora, desertor de la guerra que Sadam Hussein libraba con el Jomeini de Irán.

Se trataba de un oficial de la marina de guerra iraquí que, tocando puerto su barco para unas reparaciones, aprovechó para escaquearse de la guerra de Gila, en la que no se le había perdido nada. Extraviado en la maraña del puerto, y gracias de seguro a sus fervientes plegarias a Alá, se vio acá con acomodo, si no bueno, raudo.

En un inglés de puerto franco se entendió divinamente con un canarión necesitado de un hombre para vigilante en su desguace. Jalil, que así se llamaba, se vio acomodado en una caseta de madera, en su momento morada de un perro de presa canario. Era una caseta apañadita con su camastro y todo, que exigía agacharse al entrar y salir, como en el cuento de Blancanieves.

El iraquí no solo consiguió alojamiento gratis, también su patrón le daba propinillas y le traía bocatas, ojo, sin jalufo[65]. Se complementaban de maravilla, el chiita no quería moverse, era un desertor y en el mundo hay embajadas y consulados, cazadores de hombres, leyes marciales y consejos de guerra. ¡Como en la caseta del perro..., mejor en ningún lado!

El patrón, buscavidas del puerto, en tiempos cambullonero y ahorita trapichero de fotingos viejos, siempre buscaba duros a peseta, y Jalil sabía de mecánica.

Por el día le reparaba las chatarras y por la noche controlaba por si los chorizos. El iraquí era un chollo, por eso acabó llevándole muchos días, de su propio gallinero de terraza, un quíquere asado con papitas sancochás. El desertor Jalil se pegó unos cuantos meses arreglando vehículos y, pues la práctica hace maestros, cada vez se defendía mejor con la llave inglesa. También el patrón le puso a levantar un muro con bloques que le soltó como paleta. Luego tuvo que revestirlo, encalarlo y albearlo; al final resultó, además de pintor, casi un paleta de primera.

Y tales saberes y otros más secretos le vinieron bien para ir subiendo en la escala social. Como fue perdiendo el canguelo y la caseta le producía claustrofobia canina, dio en salir a merodear por el puerto cada vez más.

Le fascinaba la marcha del Parque, donde ya hacía sus pinitos cosmopolitas la futura globalización; donde africanas de cien etnias lucían cien atuendos diferentes..., donde tantos marroquís vendedores ambulantes se montaban al regateo con su cestillo de buhoneros, tantas gitanas de Extremadura vendían mantelerías a mogollón, tantos calés engodaban a los turistas con falsos omegas de oro-oro-oropel. Cuántos senegaleses de dorado bonete con sus ídolos, máscaras y elefantes de madera y músicos de parranda y tenderete, de guitarra y flamenco, de acordeón, de timple o de requinto tocando alegremente por la voluntad...; tantas rubias bronceadas con los encantos al aire y al sol, tantos marineros de todos los mares con sus pacotillas, tantos pintores de facha bohemia, mimos y volatineros, faquires y hombres estatuas y hasta la barra del Derby bautizada como chiringay, ruidosa por los chonis de la acera de enfrente montando el nunca mejor llamado guirigay.

Allí en el Parque conoció a Lulú, la pintora parisién que dibujaba a los turistas por los veladores. Empezó retratándole como gancho y acabaron de belingo y baileteo horizontal. La pintora, como artista, le vio posibilidades y, como él le contó que andaba arreglando coches y levantando muros, le percibió aprovechable en todos los sentidos. Como había comprado un apartamento de saldo en el edificio Astoria, desmoronado de puro viejo y había que rehabilitarlo, dispuso reciclar a Jalil como restaurador de zahúrdas[66], bautizándole de paso con el nombrete de Ayatola.

De la caseta perrera del solar pasó a una sexta planta al estilo Bovarik neoyorquino: un agujero negro donde, cortada la luz, no funcionaban los ascensores y se subía por la escalera con una linterna en una mano y algo contundente o cortante en la otra para disuadir a los primeros y novedosos yonquis, que ya habían empujado a unos cuantos por las desprendidas barandas al entresuelo. La luz y la contundencia en la mano y en las botas también servían para disuadir a los roedores que paseaban alegres por la escalinata.

El apartamento, adquirido por cuatro perras en una subasta del juzgado, más espacioso que la caseta de marras ya era, mas en deterioro la aventajaba: muros resquebrajados, el pavimento de socavones, fontanería estallada, la techumbre amenazante. Dos catres cojos y un estante descoyuntado eran lo más apañado de la mansión.

Allí dormía, allí le visitaba la pintora francesa que le intuyó aprovechable en todos los sentidos, pero que vivía en otro sitio y otro rango. Él, como peón ayudante y su jefe, un oficial sordomudo, Don Lorencito —que hacía presupuestos a la baja y currelaba solo cuando en la tele no daban *fúrbol*—, fueron restaurando el apartamento. La pintora no tenía prisa en acabar la obra, pues le oyó que al terminar se iría a Playa del Inglés y quería aprovecharle bien antes, como hombre de provecho que era. Él, al acceder a un hábitat semihumano, no tenía prisa en perder ese rango.

Su empleadora, a la vez jefa y consentida, le retribuía mejor que su antiguo patrón y además se portaba, ¡y cómo...!, en la cama.

El Ayatola Jalil estaba encantado y en sus plegarias de cúbito supino agradecía a Alá el Misericordioso lo mucho que le favorecía. Con gran respeto a las rígidas normas morales de la rama chiita, en la que se había formado, siempre, antes de cada coyunda, requería a su patrona a, postrada de rodillas como él, de cúbito supino, celebrar el rito del matrimonio por horas: sacramento chiita que oficiaba con fervor no exento de prisa, rezando para tal menester las plegarias en árabe, de las que no entendía ni jota la temperamental parisién, a pesar de que llegaron a casarse sobre quinientas veces más o menos.

Total, que unas obras, que dos paletas dispuestos apañan en tres meses, a él y al maestro mudo futbolero les duraban ya un año, hasta que un día la pintora parisién cayó en la cuenta del tiempo pasado, como en los tangos, y se enfadó mucho, y los despidió con cajas destempladas. Que a la luna se le había gastado la miel, y contrató un maestro de obras gallego que al ajuste hizo en tres meses más que el místico Ayatola y el hincha culé D. Lorencito en un año de solapada vaguería.

El Petaca haciendo guantes con su *puching ball* Cojinete.

HABÍA UN NEGRITO DEL ÁFRICA TROPICAL

SI AL AYATOLÁ IRAQUÍ la providencia de Alá le resultó tan misericordiosa, a otros, como Jimmy Blancanieves, quizá por ser solo un catecúmeno de los misioneros claretianos en Fernando Poo, no les fue en el Parque lo que se dice bien.

De los morenos de Guinea Ecuatorial que les dicen Bubis, y que venían de su país becados para estudiar en la madre patria, se podría contar y no acabar. Muchos se adaptaron a las mil maravillas, acabaron con matrículas de honor sus estudios universitarios y triunfaron en la vida por todo lo alto pasando desapercibidos.

Pero unos cuantos, asiduos de Catalina Park, destacaron precisamente por dar la nota. Un tal Jimmy Blancanieves, llegado tiempo atrás a la metrópoli, becado por sus méritos para graduarse como médico, perdió la ayuda, no quiso regresar a la selva, y aparece en escena juntándose con los derrotados que acampaban en los bancos de piedra, en el centro del Parque, cerca de la fuente, bajo el árbol... del ahorcado, como le decían algunos. Y más que por la morenez de su cutis, destacó por las soluciones que aplicaba a la consecución de recursos económicos. Un atardecer apareció enjaretado de mandarín, regalo de un murguero de carnaval, las uñas de la mano izquierda largas y pintadas de azul. Un tiempo fue un pedigüeño mandarín para conseguir esnifar una papelina, fumarse un bolichito o jincarse unos rones, que el caso era meterse algo. Cuando se quemó como mandarino, se le vio entre bromas y veras a los tranques con una jeringuilla de yonqui; pero tan Cantinflas que los supuestos tranqueados, que le veían no ir de malote, se partían de risa. Por si fuera poco, acabó cayéndole encima la madera, que le quitó la jeringuilla sin dignarse ni a arrestarle donde se papea caliente. Fue otro fracaso empresarial.

Tras varios bisnes de menor cuantía, aparece petitorio en un cochecito de chinijo, ataviado con prendas infantiles cosidas a su hechura por un colega manitas de plata. Sin faltarle el sonajero y el biberón, hecho un comediante, un buen característico que daba el pego aun resultando un chinijo superdesarrollado, de noventa kilitos largos, que resaltaba más, pues de niñera oficiaba un tal Cojinete, de *body* más bien escaso. Jimmy y Cojinete Sociedad Limitada toda una temporada de invierno cosecharon éxitos económicos y consiguieron hacer partirse de risa a muchos turistas de aquellos tiempos felices.

Pero todo se acaba presto, como verdura de las eras, que dijo Jorge Manrique, y más en el reloj de arena que cuenta los segundos de los marginados.

Blancanieves, estando en el puerto, en su cochecito infantil, junto a un dique, unos decían que fue una riña tumultuaria y le empujaron al mar; otros, que se le fue el cochecito por fallo en la dirección, rodando al piélago.

El hecho es que se ahogó, por no ser funcionario del ayuntamiento. Cojinete, su socio de la Isleta, ex marinero de altura, se salvó soltando el volante y se ubicó de señorito de compañía de El Alcaraz, un pintor retratista, licenciado del tercio, dipsómano. Ex chulo putas y ceutí que dio mucho que hablar.

Dormían en las chamuscadas ruinas de la fábrica de hielo como otros veinte *mataos*. El Pintor apalancaba en los picantes la pasta, con la picona y alguna china de costo, y sumido en sueño ronero no se enteraba de que su tronco, mandadero y compadre Cojinete le aligeraba los picantes como es uso común entre caballeros.

Mas entrando en sospechas, una noche montó centinela y simuló roncar. Cuando Cojinete entró al engodo, le arreó tal botellazo que pasó un mes sacándose esquirlas de cristal del coco.

A pesar de un pasado señorial, cuando durante años vestido a la última como un figurín de Liverpool se le vio paseando al gran danés de su protectora, una funcionaria de telégrafos peninsular con la cual vivió la gloria y la fortuna del dulce *far niente* del gigoló hasta que la dama de marras lo cambió por otro de más envergadura. Soltero y solo en la vida se embarcó de costero al mar de Namibia, donde tripulantes coreanos ávidos de meterla en caliente le vieron aprovechable como Madelón y solo su bravura con el destripador de atunes le permitió —según él— salvar el precinto del lance.

Cuando empalmaban dos noches seguidas de marea, el patrón de pesca del norte le amenazó con botarle a los tiburones si aflojaba en el ritmo de la colla. Al final de tres meses en alta mar, desembarcaba más muerto que vivo y con los callos más grandes que los dedos. En los próximos embarques, su cuerpo por instinto de conservación le trastocaba los ritmos horarios, llegaba al embarque todo equipadito cuando ya el pesquero navegaba el ancho océano.

Así acabó su vida de lobo de mar, como había concluido su lotería como gigoló de funcionaria, y se vio abocado a la vida en la calle de matadillo sin futuro claro. Y tras sus aventuras como niñera de bebés gigantes y luego como señorito de compañía del renombrado artista plástico, el Alcaraz, y luego ya vasallo sin señor, se abandonó un tiempo al registro de andar por las terrazas apalancando restos de sándwiches, libándoles las copas a los chonis y... pies para qué os quiero.

Así, al paso, de Valdivia, como hacían Apolonio el Loco y una punta de *venaos* más, se regalaba Cojinete en una tarde con el equivalente a seis bocatas, ocho cafés y media botella de ron, para acabar sobando bajo un árbol del Parque, como un fauno antiguo bajo la noche estrellada. Cuando los camareros le marcaron en corto, se le acabó el chollo. Y se aquerenció a buscárselas, por Ripoche y Tomás Miller.

Allí, el restaurante la Estrada le dio mucho juego por lo concurrido. Como otros descuideros, acechaba a los apurados por cambiar el agua al canario, y mientras él calculando la meada como un reloj suizo, se zampaba el condumio en un santiamén y... puerta, hasta que el personal del establecimiento le vio venir y le cortaron por lo sano con el palo de béisbol que presidía el mostrador.

Con un chichón como un peruco[67] en el colodrillo, al final se las buscó como machaca del Petaca, un nota que había hecho sus pinitos como boxeador hasta que la picareta le convirtió en un botao de la calle, que aunque con muy poco aprovechamiento chuleaba a dos hermanas dipsómanas, de apodo las gemelas, nada menos que del Polvorín, que andaban sin bragas y se ocupaban de pie, a lo pobre, en los recovecos de la Glorieta de Fataga, atrás del Parque, en los hoy territorios del celebrado gallo Pancho.

El Petaca sacudía a las hermanas sin bragas un día sí y otro también. Pernoctaban todos idílicamente, entre los floridos pensiles de la Glorieta y se llegó a rumorear que Cojinete —tan alto picaba— navegaba en ansias con una de las Gemelas.

A su vez el Petaca, cuando no tenía a quién arrear piñazos y se ponía de los nervios, suplía el saco de boxeo usando a Cojinete de sucedáneo, que resultó un estupendo encajador vocacional que también arreaba lo suyo de vez en cuando. Una mañana radiante y primaveral, Cojinete amaneció fiambre entre parterres de flores.

En su ambiente se dio por hecho que le sentó mal hacer de saco pugilístico. El Petaca anduvo detenido; pero la autopsia no aclaró nada y escapó del trance gracias a la ley del silencio —lo cual celebró arreando más que de costumbre a una de las Gemelas. Uno de los *piñasos* le produjo un derrame mortal en el coco, y ahí sí el Petaca fue derechito a la Madrastra, donde al tiempo corrió el rumor de que se lo llevó de este mundo un tumorcillo en el celebro, secuela quizá de los *piñasos* que le arrearon compinchados —en plan ajusta cuentas— varios internos del barrio de las gemelas: cosas del Budismo.

hippie, un minitorax pecholata desnudo, con pinturas de guerra sobre calaveras, mujeres y serpientes tatuadas en África, la jerol maquillada en rayas rojas, un hacha comanche de goma carnavalera a la cintura, una larga pipa de la paz, y lo más señalado, pues que le dio el nombrete: una cinta anudada a la cabeza con una erguida gran pluma encarnada.

Pluma Roja, frente a la terraza del Derby daba el primer pase a la una del mediodía y el segundo a las once de la noche. Cantaba, nada de la danza de la lluvia o de la guerra como se podía esperar de su atuendo, sino rancheras de Pedro Infante y Jorge Negrete…, corridos de la revolución como:

«Que me afusilen cantando»… o «Gabino Barrera no atendía razones, andando en la borrachera, con una pistola de seis cargadores le daba gusto a cualquiera…» y otras por el estilo.

Cuando conseguía polarizar la atención y los guiris disparaban sus *flashes* y lo grababan en vídeo o le sobrevenían los aplausos, Pluma Roja, ignorando las perras que le pudieran haber votado por el piso, se despedía del respetable hasta el próximo pase.

A veces no aparecía en una semana, otras allí estaba cada día. A finales de los setenta, con la broma pesada del Tejero ya en puertas, pasó una semana y dos y tres, y el viejo artista que no acudía a su cita con el respetable. Por lo visto, por desnutrido de darle a la priva, amaneció tieso en una barca de las Alcaravaneras, según reseñó la prensa, y solo por esa causa mayor no pudo acudir más a su gala.

EL CANICHE MENDIGO

OTRO QUE COMO EL JIMMY Blancanieves demostró una creatividad ya a niveles de *perfomance* en el ejercicio lucrativo de la mendicidad artística, fue el Mirko.

Un turista finlandés que en un vuelo de Finnair Helsinki-Las Palmas aterrizó en noviembre del año de gracia de 1985, a beber más que a vivir, 15 días en Gran Canaria. Era un finés de turismo de *drinki* y sol; atraído por el señuelo de la oferta variada y los precios de los licores en Gran Canaria; como Cuba, pero con las curvas en las botellas en lugar de en las mulatas.

Trabajaba en la madera, que en Finlandia no es ser de la pasma sino moverse en lo forestal, y las vacaciones para él eran empalmar una chispa con otra hasta volver a la abstención y el currelo. Se hospedó en los apartamentos Litos en la calle Secretario Artiles, cerca del famoso *restaurant* Jeremías, a dos pasos del Parque, y lo primero que hizo fue rebosar el frigorífico de ron Arehucas y Artemi, *whisky* Johnny Walker de Etiqueta Negra, ginebra Larios, vodka, Baylen, Pippermint, Malibu, Tía María y Cointreau.

Los quince días se los pasó cual don Quijote, de turbio en turbio y el día de regreso a Finlandia dormía en la playa al solajero, con la cabeza protegida por toallas y no era más que una gamba borracha perdida en la parrilla de un tenderete. Vinagre y sin dinero, pero ya en trato con otros nórdicos que vivían o más bien bebían en Gran Canaria, se empadronó con ellos a dormir en las barcas de la Puntilla, que si les encanta a las ratas no debe de ser tan mal sitio. Los resacones le llevaron a la tembladera, la falta de picareta y la fobia al delirio le abocaron a pedir y mendigar a los turistas nórdicos como hacían sus coleguitas; pero como en todo hay clases, pronto destacó su industria sobre los arbitrios de sus troncos.

El Parque de Santa Catalina, rompeolas del orbe entero antes de la globalización del mundo mundial, acogió sin inmutarse, por supuesto, sin enterarse, otro evento más: un finlandés rojizo, a medio embarbar, empujando un carrito con un niño y pidiendo a otros finlandeses más que por el amor de Dios por al amor del vodka —por eso de la empatía—.

Triunfaba y tocaba perras que era un gusto, ¡que él solo mataba la sed de toda la tribu! Tres meses le duró la gloria bendita. Un chivatazo le perdió. Los de protección de animales y los guindillas cayeron sobre él al unísono y se descubrió el pastel.

Su patraña petitoria con que embaucaba a sus compatriotas era que su mujer se había abierto para Senegal con un guaperas de color de esos del top manta, y le había dejado en la calle y sin dinero y con una inocente criatura de tres meses. Pero no aclaraba que la inocente criatura era una perrita callejera, la Sissí, dopada de Valium, ataviada con ropa infantil, bien sujeta con las correillas y con sus zapatitos y guantes y tan arropadita que no se le veía el careto canino.

Le cayó una denuncia por maltrato de animales con el agravante de violencia de género por tratarse de una perrita. Luego lo llevaron al Consulado. El cónsul in situ le facturó para Finlandia, donde volvió a lo suyo, a cargar troncos de abedul en un almacén de madera. Eso sí, dos veces al año regresa a Catalina Park, a tomarse un trago con el narrador y a libar en cantidades navegables con los amigachos de banco y Don Simón, evocando los meses que, víctima del abandono de hogar, fue abocado a pedir para poder sobrevivir o sobrebeber.

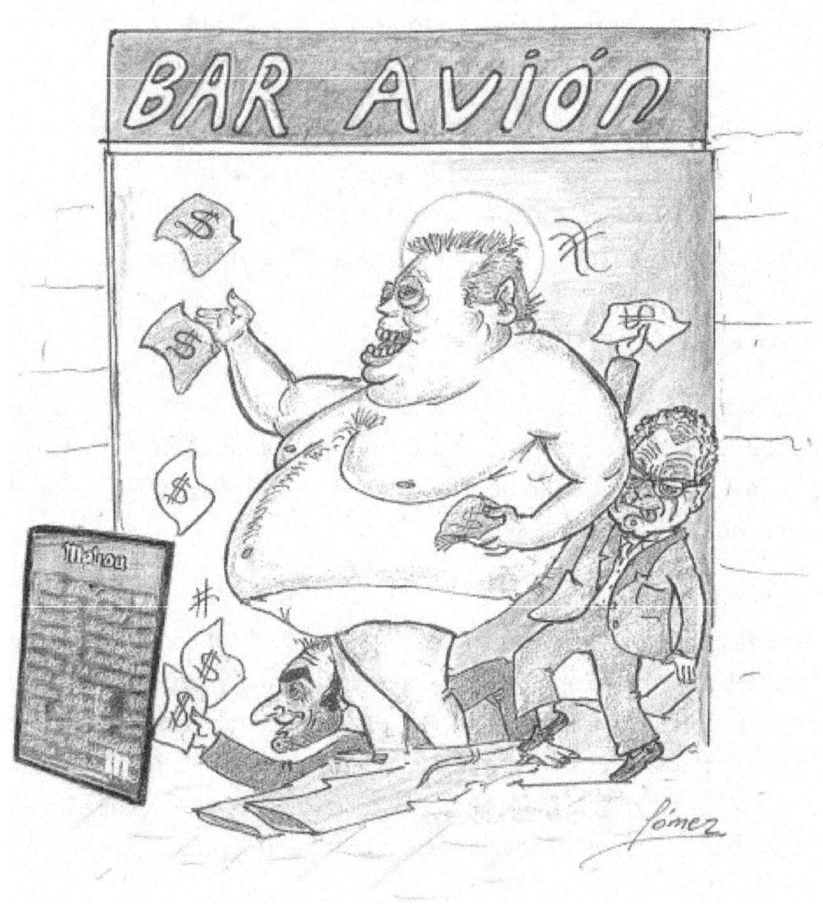

El Converso Don Antonio haciendo felices a los matadillos de Ripoche Street.

LOS PELIGROS DE SER BUENO

SI MIRKO EL FINLANDÉS alcanzó en sus *performances* excelencias de museo de arte extemporáneo, posiblemente le superó una dama generosa, a quien llamaban la Madrina, que compartió con él a veces la terapia de grupo: libaciones al unísono; de todo, salvo agua,

Asidua de las terrazas del Parque, bien entrada en carnes y no corta en años, con reminiscencia de haber sido hermosa, rodeada de un halo de soledad y aburrimiento, pasaba las horas en la terraza del Central vaciando botellas, a veces con colgaderas como Mirko y, como otras mujeres y hombres en el Parque, buscando *marío*.

Diligente trabajadora tiempo atrás en la calle Andamana, la quitó de la puerta abierta un piloto de altura, peninsular del norte, patrón de pesca nada calderoniano, que como buen bebedor lobo de mar cascó pronto y le dejó una pensión sustanciosa.

Por si fuera poco, como siempre llueve sobre mojado, le tocó en la Bonoloto una punta de millones, así que no faltaban aspirantes a chulos; pero algo no iba, pues le guindaban, o le duraban poco y volvía la bruta y fría soledad.

La gente, deprimida por la incomunicación y el ocio sin norte, se mete a veces en alguna asociación benéfica o alguna ONG, o recauda dinero para los chinitos de la Santa Infancia.

Ella, más a su aire, hacía el bien a lo bestia y al tuntún como madrina de bautizo de pueblo. El día que la chispa le daba sacramental, enfilaba la calle Ripoche y a la entrada o la salida del bar Avión, o en el recinto del bar Megusta, o a la altura de la Palmera, o el Rayo, sacaba billetes de los verdes a puñados y los echaba a volar a favor de la brisa, desencadenando avalanchas de matadillos, en rodapié por el suelo a por las perras, no faltando algún maestro sastre e incluso algún oficinista vergonzante.

—¿Están contentos, cabrones? Pues... mañana traigo más.

Al otro día hacían guardia, atalayándola los movimientos etílicos, con vana esperanza. Esa noche venía de vacío y así otras. Mas la siguiente, ¡zas!, a la altura del Campari empezaba a soltar lastre y arremolinaba otra vez una punta de buscadores de oro de California —solo faltaba por música de fondo, la triste balada de Clementina— .

Hasta que una noche, paladeando una Heineken en el bar Megusta, rodeada de botellas vacías —ocupada la barra por un apretado grupo de buitres, clientes soñadores de pedreas de Navidad—, se levantó soltando una andanada de tacos entre los que no faltaban los:

—¡Machangos!, ¡totorotas!, ¡palanquines!, ¡lajas!, ¡papas fritas!, ¡toletes! ¡qué valor! ¡arranca, colchón! —Esgrimiendo una botella en cada mano y arreando con todas las ganas.

Al que no le alcanzaba en la cresta, le arreaba en el cuello o en el mentón y luego, con la botella escachá, a algún morrúo[69] le rajó el boquino, a otros el careto, alguno sacó un ojo morado y la sangre, tan escandalosa siempre, gateó por el suelo. Fue todo tan rápido que ningún culpado o culpada se revolvió, salvo por pies.

Arbitrariamente siguieron días de confites y días de botellazos como en la leyenda del toreador Frascuelo: obsequioso con los sablistas a base de duros de plata unos días, y de ensaladas de hostias otros.

Y como en los documentales de Rodríguez de la Fuente en que las hienas a base de zarpazos aprenden la distancia debida al banquete de los leones, también los buscadores de oro se acomodaron al trecho prudente los días de reparto.

Las conductas se contagian por compulsión compulsiva. Cien funcionarios del gobierno o cien *mandaos* del alto clero, botando perras por las calles de una ciudad —tan inverosímil— a la vuelta de unas semanas contagian a los pudientes cargados de divisas —eso piensa al menos el autor, optimista-antropológico-irónico como algún iluminado leonés del barrio húmedo, devoto de la procesión báquica de San Genarín y de la alianza de las civilizaciones—.

Un pudiente, contagiado compulsivo, fue D. Antonio, también D. Petronio el Grande, un godo[70] de aluvión, de trepidante biografía, galaico de muchas arrobas, ciento cuarenta kilos en vivo.

Nacido en el valle del Salnés; su madre, modista en soltería; su padre, fillobravo da silveira, emigrante duro en Nueva York, enriquecido en el puerto, estibando toneladas al ajuste. Un indiano perulero, un hombre hecho a sí mismo, que regresa al verde valle enxebre de la infancia, y compra el pazo a un disoluto marqués carallán y golferas, en las últimas —para los coñones el pozo— y con el pozo, cumplidas leiras de sembradío. Luego, celebra bodas de tres abades legitimando al joven Antonio. Brillante bachillerato de este en Santiago; luego, derecho en Valladolid, torcido en suspensos y golfería.

Castigado una temporada, roturando tojales con la Golondrina y la Marela, alcanza el don de lágrimas. Su padre le achaca salir a su madre y no a él.

—Sales a *tua nai*, carallo, vas a aprender a llorar pero con motivo, rapaz, vas estar arando un año entero de sol a sol y a puro caldo.

Pero por suerte antes del año muere el tirano, y Antonio retorna a Pucela y en ocho cursos consigue —gracias a la erotizada recomendación de la señora del emérito— aprobar Derecho Político, que ya es algo.

En el Valladolid de los años 50, se mete a culturista y mola de espaldas y pectorales en las piscinas Samoa aprende a fumar rubio con estilo en las películas de Gary Cooper y Humphrey Bogart, se enjareta a la medida como ellos, luce seda en el cuello y pañolete de bolsillo, ostentosos gemelos de colorao, botines cubanos café con leche y brillantina en la pelambrera y se gana por mérito el nombrete de Petronio. Le protegen respetabilísimas señoras de médicos y abogados.

Y en sociedad tan calderoniana y virtuosa, le sigue el escándalo como al Tenorio, escándalo que acaba cuando, tras vender el pozo y el último celemín de tierriña, ya fallecida su madre, funde todo, y sus burguesas protectoras ven que ya no hay nada que rascar.

Tras vender hasta el paraguas de madera noble y la última corbata de Pierre Cardin, escapa de un precario dormir en un banco de la estación ferroviaria, gracias a una representación de piensos porcinos para toda Castilla y León, que le apareja muchos asaderos en apartados concejos olvidados.

Llega a los 120 kilos para uno ochenta de talla, putañea por la olvidada Zamora y por la docta Salamanca donde abundaban las lusitanas económicas. La empresa le manda luego a la Baja Andalucía, y en Montoro contrae nupcias con la hija de un secretario de ayuntamiento, una andaluza chiquitita y delgadita, prendada del aparatoso kilometraje del celta.

En Cádiz le ficha como viajante una empresa de efectos navales que demanda un ejecutivo para Las Canarias. Llega a Las Palmas en 1970, la que será, como para tantos godos su locura y su sepultura. Los cabarés de las calles golfas de la Isleta y el Puerto le flipan y enajenan. A los restaurantes gallegos de la calle Miguel Rosas los deja temblando cuando se sienta y pide la carta con los manjares de su tierra. Llega a los 140 kilos.

Su mujer da a luz una niña, pero él sigue regresando a su casa lleno de *whisky* de garrafa y cantando a perfume de putas de Montevideo. La sufrida esposa planea en frío el desquite y el desquite llega. Petronio conoce a un bilbaíno, en tiempos ciclista de fama, por mal nombrete Jesuita, que duerme la jumadera en su portal. D. Petronio, como tragón, putañero descontrolado y borrachito, tiende a blanduras de corazón.

El bilbaíno le cuenta sus cuitas y la cojera de su tobillo escayolado, de cómo vendía bocatas por la noche en la esquina del hotel Tigaday y cómo, por la competencia en el negociete, un atravesado exlegía de Teruel, por alias El Jamonero, cumplido del maco, le dio un toque.

—Ese sitio es de mi menda y dos meses de *na*, a la sombra, no me hacen perder mis derechos.

Jesuita daba por bueno lo de a palabras necias oídos sordos. Pero una cosa piensa el bayo y otra el que lo ensilla. Una madrugada, cheirando a ron Arehucas, vino el Jamonero —tan poco dado a la lectura— con el diario La Provincia enrollado en la mano.

Al buen uso mangui[71], dentro del diario venía una brava[72] de aquí te espero, con la que arreó en el tobillo al usurpador, que tomó tierra, doliéndose lastimero, mientras el de Teruel se alejaba sentenciador:

—La próxima vez te corto el culo.

D. Antonio, afectado por estas cuitas, no pudo por menos que acoger a Jesuita a dormir en su mansión.

—Somos los dos del norte, ¡carallo! —le dijo, cantando ajumaos en el portal Asturias patria querida—. Tú, hasta que se te resuelvan los problemas, a dormir en mi casa que es la tuya.

Así aconteció lo que aconteció, que una amanecida llegó Don Petronio el Grande a su morada y se encontró el cuadro. Jesuita dormía en su cama, al lado de su señora, pero encima y con movimiento continuo.

D. Antonio, Petronio, le recriminó su conducta impropia y el otro, a lo suyo, aunque no lo era. D. Petronio le arrastró en calzoncillos a la puta calle y desde esa infausta noche declaró la guerra fría a su señora y, cuando la guerra se calentó, ella, con un ojo a la funerala, acabó volando con su niñita a la Córdoba lejana y sola.

El cornúpeta del norte acabó en el paroxismo etílico montando el número cada madrugada. Acusaba a los encargados de los bares el haberle robado a su rapaza. Amanecidas de churrería y orujo, mañanitas de resacón, como un malquerido de Joaquín Sabina, no discurrió nada mejor que recurrir a sucedáneos. Vestía a un melón con la ropa de su niña y lo paseaba, maternal madraza, por la calle de Nicolás Estévanez en su cochecito de cuento. Eso le condujo aceleradamente a un centro psiquiátrico. En su parlamento:

—Me enchiqueran en el manicomio esos hijo putas porque padezco de amor de padre.

Y en una de sus altas, por mejoría en sus crisis, presenció como la generosa viuda de marras tiraba las perras al aire y él, ni corto ni perezoso, sacó un fajo engomado y empezó a soltar lastre.

A la vez que se desnudaba de su riqueza, lo hacía también de sus ropas, componiendo en *performance* el despelotado más voluminoso de Botero. El desnudismo paradisiaco sumado al reparto evangélico le condujo otra vez a toda velocidad al internado.

Desde entonces, cuando salía con el alta y cobraba el paro o comisiones atrasadas de su representación, le daba por lanzar estampitas al aire preferentemente en el barrio Chino y enseguida venía un furgón a llevárselo a la casa de Orates. Forcejeaba y gritaba al narrador de esta verdadera historia, su acompañante:

—Me detienen por meterme a bueno, cuando me gastaba todo en putas y *whisky* y zurraba a mi mujer no se metían conmigo; no se puede hacer el bien en este mundo pues te toman por majara[73], ejerce la caridad para que te hagan esto. Por favor cuenta al mundo lo que me hacen por volverme bueno.

Grises o loqueros se lo llevaban sin remisión otra temporada a la sombra tras los consabidos trámites.

Finalmente, tras una salida de recuperada cordura, tirando billetes desde su balcón, en camiseta y calzoncillos, le apretó el severo enfisema que adolecía y se asfixió a lo murciélago. Y como un hombre de los de antes, sin dejar de dar caladas al cigarrillo, mientras los alegres y volanderos julios Romeros de Torres aterrizaban en el suelo encandilando a la rapaz avifauna de la calle Nicolás Estébanez, el que escribió el inolvidable poema que dice:

Mi patria no es el mundo,

mi patria no es Europa.

Mi patria es de un almendro

la dulce, fresca, inolvidable sombra.

EL MERCEDES CANELO

DEL MENTADO DON ANTONIO, el libertino muerto en olor de santidad, repartiendo como un bienaventurado su fortuna, igual a granujas que a necesitados, antes de su milagrosa conversión, fue compañero de belingos y tenderetes gastronómicos, etílicos y eróticos Don Jerónimo de Santullana y Campomanes, alias Minadeoro, peninsular del norte, de las Asturias de Santander, armador de barcos de pesca de altura en la Mar Océana, asiduo de la terraza del Central, que acabó encoñado en laberintos extraconyugales con una periquita de barra americana, tan estrecha y formal que le cobijaba a cuentagotas aun poniendo hasta medio kilo al mes.

Como el curro, el zarpacallo, el ahogarse y todo eso es obligación de la marinería, la suya, como armador, era hacer caja y luego fundirla en las barras americanas, cerrando clubs para él solo y sus amigachos. Y venga champán francés para todos y todas. Tanto había fundido de la plusvalía que le sudaban los marineros que un colega suramericano, con dotes de cantautor, le había sacado unas coplillas, que decían así:

Cantemos por grande al Mina

que en yantar nunca escatima

pedimos: gaste en manteles

lo que funde en los burdeles

y deje el mal derrotero:

las mancebías del mundo entero.

Canción que le cantaban en coro a veces al final de los tenderetes financiados por su filantropía cuando, con la pitanza, el vino y los cohíbas, el belingo se salía de madre.

Ese vivir, fundiendo el parné que le faenaban sus costeros, afirmaba convencido resultarle si cabe tan trabajoso y esforzado, en un sentido, como el bregar en las procelosas aguas del banco subsahariano y además mucho más caro, carísimo. Por eso eran frecuentes sus amargas quejas en la tertulia del Parque acerca de lo cara que era la vida cara nocturna; las hembras y el burle.

—También la hay más barata y económica —le dejaba caer el compadre de las coplas. A lo que alegaba él:

—Sí, pero es que esa ya no es vida.

En su momento, un día sí y otro también, se encaminaban a alegrar el ojo a las *whiskerías*, a los *topless*, al Jockey, a los clubs de alterne de élite, dispuestos a correrla por lo menos visualmente.

Una noche, al cruzar la calle Luis Morote, cerca del club Los Seis Conejitos, donde su consentida —en teoría solo descorchaba en plan estrecha—, don Jerónimo se paralizó haciendo una muestra de podenco a un Mercedes canelo, rutilante, que parecía de paquete. Le camelaba por el color y, como no era la primera vez, un día le dijo uno de sus colegas.

—Con razón lo miras con tanto embeleso, ¡si es que es tuyo!

—No entiendo —alegó el señor de Campomanes—. Eso de que es mío, ¿a santo de qué? Y el otro:

—Lo que uno sufraga con sus perras es suyo, ¿sí o no?

—Hombre, supongo que sí.

—Pues por eso —alegó el otro—. Con ese Mercedes farda el marido de la Marquesa, el Correcaminos, o sea que, a buen entendedor, pocas palabras.

Entrando al turno siguiendo el vacilón, salió al quite el colega de las coplas, de nombrete El Lunfardo, argentino de Montevideo, el intelectual del cotarro, el tuerto entre los ciegos, regentador de un puticlub, memoria viva del Martín Fierro, la casada infiel de García Lorca, numerosos pasajes del Tenorio, jácaras de Quevedo, coplillas de su propio caletre aparte, que, cogiendo la ocasión por los cuernos —en todos los sentidos— se arrancó recitando con voz potente y jocosa entonación el soneto de Quevedo que le caía a su lastimado tronco como pedrada en ojo de boticario por ser el desventurado protagonista, tocayo de Don Jerónimo, por esas casualidades de la vida y que dice así:

Dícenme don Jerónimo, que dices

que me pones los cuernos con Ginesa,

yo digo que me pones cama y mesa

y en la mesa capones y perdices.

Yo hallo que me llenas de tapices

cuando el calor por el octubre cesa.

Por ti mi bolsa, no mi testa pesa

aunque con molde de oro me la rices...

Y metía de morcilla de su propia cosecha:

Por ti voy en Mercedes de paquete

¿Quién es, pues, el que al otro se la mete?

Y seguía con los tercetos quevedescos:

Este argumento es fuerte y es agudo:

tú imaginas ponerme cuernos; de obra

yo, porque me los pones te desnudo

más cuerno es el que paga que el que cobra

ergo, aquel que me paga, es el cornudo,

de lo que de mi mujer a mí me sobra.

Mientras que D. Jerónimo miraba el Mercedes con ternura de padre, El Lunfardo, quitando hierro al asunto, se arrancó con una salida fetén.

—Venga, muchachos, vamos a darnos un homenaje, os invito a barra libre en mí club, rayita incluida, y a ti D. Jerónimo a un casquete por la cara con la periquita que más te camele, verás cómo se te quita el cólico de cuernos. Porque además os voy a recitar un poema secreto que me inspiró una noche loca la Marquesa. Y se arrancó con la siguiente jácara:

La llaman Marquesa

y ella Marquesa se llama

aunque muerde cuando besa

y se hace pis en la cama.

Es veterana de wisquería

aun hermosa y considerada

una «marquesa» algo etilizada

que chupa el néctar de noche y día.

Viste de marca un poco anticuada

las prendas todas de marquesado

en los perfumes muy refinada

y los zapatos de algún condado.

Sabe en la oscura barra de alterne

dar embeleco difuminada

con los perfumes y voz taimada

ir de marquesa con algún terne.

Y hay que ver con qué galanura

qué gentileza, qué buen compás

el portero en la wisquería

le abre la puerta con cortesía

del marquesado de Carabás.

Ella del buga baja otorgando

con displicencia su distinción

y se dirige con gracia andando

hacia un futuro de felación.

UNA PIBA EN EL PUERTO

CONCUÑA DE LA MARQUESA, la periquita protegida del mecenas Don Jerónimo, pero más *amateur*, autónoma y reacia a integrarse bajo la férula empresarial, medio golfanta, medio vampiresa, medio de todo, la conocida como la Rubia de Bote, después de andar medio enredada con algunos especímenes de la subespecie paganini, se vio, sin comerlo ni beberlo, enchulada, o sea, poniendo, para que un galletón alto y cachas como un andamio, el Chicha de nombrete, hiciera caja a su costa.

Aparte de los cabritos esporádicos, había fichado por entonces de rendido sostenedor enamorado a un escultor de retorno de la emigración en Venezuela, asiduo del Bar Texas y de la terraza del Derby, renombrado artífice de estatuas públicas en Caracas. Barbado y melenudo como el emérito profesor Reina, alto y estirado cual D. Quijote, conquistador en su juventud de guanche majorero, un egregio artista que le daba a la piedra, al bronce y a la talla sin cesar, para conseguir los ingresos que requería para su mantenencia y sus rayitas de perico la dama de sus tocamientos.

Para sonsacarle con más eficacia, le había confiado tener un niño chico, Feluco, fruto de antiguos amores desgraciados, niño que le cuidaba una familia de Vecindario, cobrándole un ojo de la cara.

El artista, como todos los del gremio de maduros amancebados con adictas jóvenes, ponía sin tregua, con tal de no ver ni en pintura al chinijo de marras. Como tal crianza no existía, aparte de para droga, las perras de la sonsaca las administraba el chuleta que, grande como un armario, papeaba por tres, a lo *gourmet,* con Riojas de reserva y sin olvidarse de la rayita como postre imprescindible

A pesar de echar horas extraordinarias labrando estatuas para los ayuntamientos de las islas, el solicitado artista andaba siempre justo de numerario. Se sucedían las crisis y tensiones, azares y disputas, llegando a las manos con frecuencia entre lance y lance de cama. Desdenes y celos consumían la madurez del egregio artista. No faltaban moratones en el boquino o en los luceros de la ingrata. A veces le abultaba demasiado el careto, ¡algún piñazo! Dada la escalada de violencia, El Armario se vio obligado a cumplir con sus deberes de caballero andante. Se justificó una noche en que el escultor de Fuerteventura había tenido una fuerte tremolina con la fatal hembra de esta historia; que hasta acabaron en la comisaría. Le abordó en la calle Miguel Rosas. Con cortés amabilidad y gentileza caballeresca se presentó.

—Buenas noches le dé dios, señor artista. Querría aclarar con su excelencia un malentendido. ¿Usted ha oído hablar de Feluco, el niño de su piba, verdad?

—Sí..., ¿pasa algo? ¿Acaso es usted su padre? —dijo ásperamente a la defensiva el maestro de la gubia.

—No me ha comprendido bien, señor mío —continuó el andamio—, yo soy Feluco, solo que en dos años me he desarrollado mucho. ¡Como usted es tan generoso con mi mamá, y no me falta de nada...!

A la entrada de un bar galaico donde se desarrollaba el diálogo, colegas de ambos vieron el paso fulminante del verbo a la acción. El laureado y atrabiliario artista embistió, nunca mejor dicho, contra el aventajado galletón. Destrezas varias de puño, fintas, cabezazos, zancadillas y pegas eran su repertorio modesto de pendenciero ocasional. Al final, tras un inicial empate prevalecieron la alegre juventud y la envergadura sobre el valor y la furia española, como siempre. Aunque el chicharrero también se llevó lo suyo porque el escultor, como ejercitado con el escoplo y el martillo, tampoco era manco; a la postre, el ganso del macarra le propinó un *corner* en los riñones y un penalti en las partes húmedas que le tuvo unos días sin esculpir, cargando las pilas y rumiando animoso el desquite en que le tocó guardar cama al Chicha una semana.

EL TRIÁNGULO

TAMBIÉN DE CORNUCOPIAS y consentidos, mecenazgos y conflictos de honor, trata la historia triangular de un cardiólogo de guante blanco y dos golondrinos venidos de Godilandia.

Un invierno soleado de los años setenta, llegaron al Parque dos coleguitas del rollo, El Bongo Catalino y su periquita la sueca de los collares.

En el buen tiempo se habían buscado la vida en las ferias del centro de Francia y luego en las vendimias del Midi.

Antes se habían dado un homenaje por Italia viendo el arte grande, y por quitarse de encima una pasta gansa que se les vino a las manos en Ámsterdam, donde un caballero del sistema se les colgó del mogollón de costo, y despertó un día desnudo como los hijos de la mar.

De las vendimias de Francia, el autostop los llevó a la Costa del Sol, habían oído que en Marbella y Torremolinos se daba fácil el triángulo del burgués forrado y la pareja *hippiosa*.

En Marbella no ataban los perros con longaniza y salieron del atolladero gracias a un señorito muy fino y acollarado con el que fue asaz complaciente el Bongo Catalino. El señorito de la crema, en justa correspondencia, les costeó el pasaje de Cádiz a Canarias.

El pasota catalino, naturista y ecologista, taleguero y flipado por la música contracultural, empezó su vida de laburo como currante alienado en Sabadell, pero le cogió el ramalazo de la Movida y el Rollo, abrió los ojos con la fumata, se pegó unos viajes de ácido con unos *underground*, le dijo adiós al curro de mover la manivela en el telar de una empresa textil y se inició en la vida del carril y del paso. Un día de camello y el otro de chapero, ya descuidando bugas o llevándoselo de los grandes almacenes, como todos los buscadores del talego que al final lo encuentran.

Pasó tras cumplir condena por el mundo del colectivo de granja payesa, pasoterío de ocupas reciclados en hortelanos ecologistas, más impacientes por los progresos de las matas de kifi que por regar y escardar papas y cebollinos.

Allí aprendió a sentarse a lo yogui con los talones en las ingles y a tocar el bongo africano y la flauta de los Andes y a vestirse muy suyo.

Pañuelo de pirata en la frente, pantuflas árabes por *alares*[74], chaleco de mauro ansotano, arete en la oreja, un peluco de bolsillo y un racimo de dientes de tiburón, piedras de Mauritania, baracas moras, talismanes y otras zarandajas en el cuello, bastes y muñecas, tobillos y chaleco: bazar semoviente para el trueque y el embeleque, la venta y el ornato personal.

Eso le pasaba ya en las Ramblas de Barcelona, incorporado a una tribu pasota con mucha música y quincallas, principios *hippis*, con chorbas [75] del paso escapadas del sistema, del padre o del marido, pasantes del parche de terraza en terraza, en paseos y concurrencias.

Dejando Barcelona, la tribu se hizo todas las chardas[76] mayores de España, durmiendo en los pisos francos de la gente del Rollo o en las vaguadas cercanas a los feriales, en parques o en las riberas de los ríos.

El catalino[77] en la feria de Sevilla habría caído en bigamia con dos pibitas de la movida: la una, la Manoli, madriles de poca alzada, embarazada de dios sabe quién; y la otra, la Loli, murciana resabiada de la medicina tradicional, sanada de jaquecas, tensiones nerviosas y matungueras[78] de estómago, cuando mandó a freír espárragos a su marido, abriéndose de pira con la gente de la Movida.

El trío se había medio apartado del centralismo tribal, tenían su propio estatuto y solo mantenían contactos esporádicos en los papeos colectivos al aire libre; pero si las cosas iban, se lo montaban los tres solos ateniéndose a aquello de a papear donde hay pocos y a trabajar donde hay muchos.

Buscaban la vida mejor que peor vendiendo bisutería, musiqueando, bailando, y en un momento dado puteando solo un poquitín, un poquitín de nada.

Buscando nuevos pastos, habían aterrizado en los carnavales de Tenerife, que es casi como decir los tenderetes de Río de Janeiro, pero más a mano. Allí, el Bongo Catalino se tropezó con la sueca de los collares bailando y brincando los dos detrás de una comparsa. Ella con las maracas y el nota con el bongo...; él con máscara de negro antillano, ella, con carátula de bruja del medievo.

Se fumaron una mierdecita juntos y lo que empezó dándose el boquino, enmascarados, acabó en morreos de verdad, caretas fuera y bragas abajo al amparo de un portal.

Degustaron sus respectivos encantos y, pensando en repetirlos con mucho aprovechamiento, el catalán dejó colgadas a sus dos chorbas; Manoli, la que se decía hija del director de una entidad bancaria en Madrid, y Rosi, la murciana que no se decía nada.

Y así el nota se abrió con su nueva historia a la isla de la Palma, entonces pregonada como tierra de promisión de *hippies* alemanes. Allí buscando con el bongo y la flauta, pasando la piedra y la hierba del costo y puliendo la bisuta ful, pronto se les hizo pequeña la isla y apuradamente, vendiendo la quincalla, el bongo y la flauta y algún momento de los gozosos encantos de la sueca, pudieron embarcar para Godilandia. Se llegaron a Pamplona, vísperas de los Sanfermines y la Frika se soltó en alicatar los nombres de la gente en alambre de alpaca, que empezaban a llevarse mucho.

La sueca Frika eran veinte años de pujanza bien parida, acais[79] verdes, dientes armoniosos, las domingas duras y valientes, cerriles al sujetador, la buena silla de montar, en sin bragas, al uso *hippie*, con enaguas ibicencas casi hasta los pies, calzados con guarachas.

Oveja negra, aunque de padres bien nacidos, formó con el catalino, que así les decían entonces en caliente a los catalanes, una pareja chachi[80].

Los dos creían en el destino y en que Dios, que vela por los pajarillos, también lo hace por los que van por el mundo a la buena o mala ventura, sin casa y sin hogar, sin un buen currelo, sin seguros sociales y sin tarjetas de crédito, más desprotegidos que los gitanos, sin carro de Manolo Escobar, y solo con el caballo de San Fernando, un rato a pie y otro andando.

Los dos, aficionados a la música y al adorno personal, a ponerse cena con un canuto de entrante y un feliciano[81] de postre del pobre a falta de algo más sólido.

Disentían algo en lo moral. Era más opinión del catalino que el que busca no encuentra pero le encuentran, y creía que el que va por lana sale trasquilado. Pensaba que lo chachi es ir con tu registro, de legal por el mundo, sin segundas intenciones, hasta que la providencia te ponga una historia bonita a punto de caramelo, que puedas decir:

«Me lo llevo porque me lo manda Dios», que siempre es más católico que la chulada de «me lo llevo porque es mío».

Como la verdad de la vida es el eterno retorno que cantó Federico, pasado el buen tiempo por Europa, como se cuenta al comenzar esta verdadera historia, volvieron a Canarias gracias a la providencia del señorito de Marbella, y estando ya en puertas la Navidad, el Parque rebosaba personal: marineros con la extraordinaria, libando sin parar, chonis gays aquerenciándose al sol como girasoles, guiris acosadas por el rijoso astro rey.

En las terrazas del Parque ni un velador libre, mucho belingo y más tanganazos, y de pronto el destino va y les pone una historia bonita y redonda a pedir de boca, nada raro con una rubia con tanta clase como la sueca de los collares.

Vacilando con sus bisutas por los veladores, le salió un cliente al por mayor: un caballero colocado de *whisky* etiqueta negra, cardiólogo prestigioso con ricas propiedades agrícolas en Mogán y un palacete de ensueño en Ciudad Jardín a un tiro de piedra del Parque. Andaba de señorito con el síndrome del separado y ramalazos de frustrado *hippie* que se bureó en París en mayo del sesenta y ocho, y que cuando caía por el Parque se lo montaba en plan intelectual eslavo fajándose en enconadas partidas de ajedrez, igual con un ruso que con un hindú, con un rioplatense o un golfo del Polvorín. Mas a medida que trasegaba sus piscos y se enralaba, acababa en los tugurios de Ripoche entre el embullo apicarado de la maraña callejera, o integrándose en los belingos de los *hippies* del Parque, a compartir los chupetones del canuto, haciéndose perdonar el uniforme de burgués, el rasurado *filomatic*, la discreta barriguilla del buen yantar, la infamante corbata de seda, los zapatos italianos y el *rolex* de oro en la zurda, poniendo lo único, que no es poco, que a falta de otras gracias tenía en abundancia: la tela marinera.

La sueca de los collares iba de castiza de mucho cuidado, cantidad más embalada que el catalino, al que difuminaba con su personalidad y pechonalidad. Era templada porque sí, tenía la misma mala sangre aventurera de los que van al banco con recortadas a llevarse los montones, más que por codiciosos, por el amor malsano al riesgo, aunque sea ruin, para luego quemar la pasta en bingos y barras, rayas y tenderetes. Era lo que se dice, en jerga caliente: un peligro *pa* la humanidad.

A la sueca de los collares le habían salido al paso en la vida muchas historias bonitas y, como no hay dos sin tres, estaba en los preámbulos de otra.

Al doctor de Ciudad Jardín le había dado por el yoga, la acupuntura, el ecologismo y hasta para andar por casa se vestía con albornoces orientales y encendía pebeteros de incienso para hacerse un porro oyendo en una casete «El Cóndor pasa».

El doctor generoso se interesó al saber que la sueca llevaba dos días de Gandhi, solo de porros y notas musicales, y puso nevera, casa y cama, a su disposición. Ella le presentó al Bongo como colega sin compromiso y este como muy puesto le siguió el rollo de la acupuntura, de la que también era forofo, del masaje terapéutico y de las dietas macrobióticas, vegetarianas e hipocalóricas, que los dos pasotas practicaban sin demasiado entusiasmo.

A los dos matadillos les afligía la magua en los riñones de hacer las cosas del querer en el santo suelo y el doctor les propuso un buen masaje oriental de digitopuntura, un baño de vapor y una cena macrobiótica pero con buen vino del Monte de Tafira, un coñac francés para pasar la cena y luego una sesión chachi de música *rock* pasando por la andina y de monasterio camboyano, un poco de flamenco y de postre Bob Dylan y Miguel Ríos.

El catalán, como el médico iba de lo que iba, vio claro que tenía que ingresar también por la Astrología y todo el rollo del Zodiaco, así que se sacó, a saber de dónde, la baraja del Tarot y miró las estrellas desde el cenador del jardín. El médico también ingresaba de astrólogo.

El catalino destapó una platina y le arrimó a la chopa una piedra negra que cantaba a gloría. El doctor no le sacaba al cheiro cuál era su gracia.

—Es negro afgano —dijo su invitado—, del que ya no queda por el mundo, del chachi piruli de verdad. Esta noche nos lo hacemos a gusto.

En la mansión del doctor pasaban los días, con la pareja de invitados a mesa y mantel, el Bongo siempre colocadísimo compartiendo las comunes aficiones de ecología, naturismo y yoga en revistas y libros de la nutrida biblioteca del burgués, o mirando las estrellas en su telescopio de astrónomo, intercambiándose conocimientos, ideas y apreciaciones, flipándose como troncos de la misma boquilla y dejándose ver que no iba de marido calderoniano por la vida pues el terapeuta para los ensayos de digitopuntura había olvidado el muñeco natural y ya se apañaba con el cuerpo diez de la periquita que pasaba de todo y se dejaba hacer. Todo por la ciencia.

A la penumbra de una vela, tumbada en el diván, coloqueta y soñadora, en pelota picada, escuchando «El Condor pasa» aguantaba una hora o dos de masaje y digitopuntura, lo que la basca llama metida de mano o lote padre.

Y como en todos los eventos, se aceleró el desenlace y mientras el batidor del bongo se abría para dar cuartelillo y no hacer mala sombra; el generoso doctor pasaba suavemente de la digitopuntura a la más emotiva pijitopuntura, y del masaje terapéutico al follaje meteórico y a la mañana apareció la historia guapa. Con tantas emociones, el cardiólogo, buscando un condoncillo, se dejó abierto un comodín donde guardaba la tela marinera, lo que se dice un pastón, tarjetas de crédito, cheques, colorao del bueno en pelucos y pulseras, hasta piedras, ¡menudo mogollón!

La sueca de los collares se lo montó de abuten, por derecho, en una pausa amatoria. Mientras el doctor giñaba sin prisa como cualquier mortal, ella se alejaba con el botín a encontrar a su chorbo donde solía, y ya juntos dispusieron continuar la historia, y cambiando de pelaje y vestiduras volaron a Madrid, que es la corte, a vaciar rápido las tarjetas y convertir el oro y los cheques en moni, moni, y luego a Suecia, a lo mismo, con su filantrópica filosofía para con los instalados confortablemente en el sistema.

Desde Suecia, el doctor recibió una postal con renos y nieve donde leyó:

«Querido Don Hilarión —que así le decían ellos por lo de la Verbena de la Paloma—, queremos presentar nuestras excusas por este final imprevisto, después de haber compartido amistad y darte un poco de nuestra vida y nuestra honrilla. Tú mismo decías que te lo pasabas muy bien, si hasta la metiste en caliente y todo. Como no tenemos donde caernos muertos, nos hemos prestado un poco de tu capital y tus caprichos con la intención de devolvértelo cuando nos vaya mejor. A nosotros nos permitirá seguir con nuestros planes y realizar algunas de nuestras ilusiones: comprarnos nuevos instrumentos musicales como artistas que somos, para ti eso no supone nada, con las fincas, las casas y los chaleses que tienes y la mina de oro del consultorio. Todo en la vida tiene su principio y su fin y nosotros nos teníamos que abrir y acabar ya con el papel de la putilla y el cabroncete. Salud, suerte y hasta la próxima en que recuperarás lo tuyo, y más ojo para que en situaciones parecidas nuestra lección te sirva de aviso de pecadores.»

Y firmaban: «Catalino y Erika con amor».

Iba a romperla, mosqueadísimo, a pesar de que siempre que se acercaba a los mundillos extra-burgueses, como él decía, le pasaban efemérides similares, lo que algunos colegas del Parque definían con un: le va la marcha. Luego lo pensó mejor y decidió guardar la postal como un testimonio que diera fe de su aventura cuando la contara a su modo, de farol, en su tertulia nocturna en Catalina Park: con incontables encontronazos sexuales con la sueca.

URGENCIAS

El Sindi Balú huyendo del desguace ortopédico.

LAS TRIBULACIONES DE UN SINDI

Dos de los contrincantes que le ganaban al cardiólogo del triángulo las partidas de ajedrez también merecen salir de bureo en las historias soñadas por Pepe el limpiabotas, puesto que disputaron igualmente con él reñidas partidas.

Durante muchos años, en los veladores de Vargas, el fotógrafo y ameritado animador del Parque, cuyas fotos de Lolita andan por medio mundo, destacó y sobresalió, tanto por su destreza profesional en los jaque mate como por su estatura de dos metros, un argentino de cuyo nombre no quiero acordarme. Y en sentido contrario, por dar también jaques mate a los más avezados ajedrecistas, con poco más de metro y medio de envergadura vertical, un hindú, doble de Gandhi, antiparras de intelectual profundo, reencarnación bonsai de Groucho Marx: el sindi Ibú, trapichero al por menor de gafas de sol de pacotilla, mecheros de dudosa reputación, pelucos[82] con el síndrome de fatiga crónica....

El comerciante Ibú no tenía la suerte de cara, era culto en lo que cabe, parloteaba inglés del bueno, ganaba prestigio al ajedrez y cervezas a los chinos, y contaba con muchos amigos canarios, pero en la comunidad hindú no le ajuntaban demasiado.

Por lo visto, se jugaba las perras al envite con burlangas[83] nativos y le camelaban las corridas de toros por televisión. Por si fuera poco, había huido de una boda apalabrada por sus padres desde su tierna infancia: una gordita morena de sari verde y frondosas patillas flamencas había volado desde Bombay para nada. Su prometido prefería irse con las cervezas rubias, que por cierto con tres cañas ya no era hombre —lo atribuía a la condición de abstemios de sus antepasados—; y aunque lo intentaba, nunca pudo emular la resistencia al trago de sus admirados compadres canariones.

Sí se volvía en cambio patoso y largaba lo que no se debe, acarreándole algún cachetón que otro, y salidas de bar a paso ligero.

Él recelaba que su cuñado y su madre, propietarios de un bazar en el Sur, no queriéndole ver ni en pintura, pagaban a alguna bruja o hechicero; no por limpiarle el aura, sino para, a base de magia negra, acarrearle ruina, perdición... o muerte.

No era para menos, ya le había pasado varias veces, ir de bar en bar ofreciendo sus artículos y, en puro distraído, decirle al parroquiano de al lado:

—Pruébate estas gafas de sol, mi niño, buenas, bonitas y baratas, te las dejo a precio de coste porque me caes bien. —Y resultar el niño un uniformado y bigotudo sargento de municipales; o más peligroso aun, un duro madero de servicio. El despiste de origen etílico se traducía en decomiso de mercancía, multa y detección de su condición ilegal y sin papeles, con los consiguientes trámites con miras a un viaje gratis y sin retorno al Indostán, traducido en precipitadas migraciones a la playa del Inglés por borrar pistas entre la multitud.

Todo lo achacaba a que, madre y cuñado, no le perdonaban su turbia afición al arte de Cúchares, al bureo y solaz platónico en barras americanas, su jugarse las birras a los chinos, vaguear lo suyo y juntarse con católicos. En dos palabras: su transculturación flagrante y rampante.

Ibú se daba sus homenajes cuando conseguía buenas ventas al por mayor, no faltaba de vez en cuando algún comerciante tolete que cargaba con un lote de relojes oxidados pasados de fecha y de todo. Entonces se pegaba días enteros mandándoles moni a las tragaperras, unas veces ganando y más perdiendo, hasta acabar ajumado de cerveza, avistado por el Dúo Dinámico, dos argelinos que lo consideraban un buen cliente a la hora de desplumarle lo que le quedara; un muy buen cliente porque, por irregular, no denunciaba, y tampoco tiraba de picona ni la emprendía a patadas de karateka o mordiscos de jabalí como un coreano fiera.

Ibú, bachiller por Bombay, inglés de primera, agente comercial, gran ajedrecista, amigo de lecturas varias y amenas conversaciones sobre todo lo divino y humano, tras treinta años de vivir en las islas no acababa de entender a sus coleguitas canariones. Le parecían por veces desaforados, vociferantes, forofos del fútbol, a tope de decibelios, mujeriegos de escandinavas, presumidos aparentadores de perras en el calcetín, inclinados a darse el pisto con el coche guay... de otro. Opinaba:

—Joder, niños, si mis paisanos sindis no se lo acaban de creer, como cualquier *matao* se manda un mal *whisky* por presumir en un local caro, al coste que a un hindú le llega *pa* un mes una botella de etiqueta negra, tranquilito, viendo la tele, en su casa que, como decís vosotros, os tiráis los pedos más altos que el culo, niños.

Los veía sanos y un poco totorotas, como colegiales, sin las retorcidas mañas de su raza —él vivía de hacerles el pasteleo—, pero imprevisiblemente fieros y malos perdedores y puestos en birra o en ron, resarcirse de una negra, a piñazos y cachetones, como ya había comprobado en sus carnes pecadoras.

Las discusiones metafísicas y teológicas con sus colegas, discretos intelectuales de barra —en Las Palmas, según él, todos lo eran— le abrían a un mundo de ideas disparatadamente jocoso.

Lo de abrirse del Purgatorio poniendo fianza, como se sale del trullo, le daba una imagen del coeficiente intelectual del país nada halagüeña. Lo que más le hilarizaba y, por lo saludable de la risa, sacaba a relucir con frecuencia, era el dogma del Limbo, para él:

—Eso, qué queréis que os diga, no deja de ser una especie de guardería infantil donde también admiten a los que ustedes llaman toletes, a los discapacitados del coco, y a los puretillas con el Alzheimer ese que se ha puesto de moda.

¿Qué alegres risas, qué regocijo placentero le producían sus católicos polemistas intentando aclararle tales principios del dogma, alumbrados de teología etílica? El infierno, como eterno castigo por una breve y humilde paja, le amedrentaba de pronto como una especie de cadena perpetua a las llamas. Aunque luego le tranquilizaba el que, al no ser católico, no le atañía.

Hilaridad sana le inducía el que pagando la bula de la Santa Cruzada con la firma del Santo Padre de Roma, comer carne no fuera pecado, y más hilaridad cuando le contaban que antaño a muchos buenos cristianos les acontecía como al «hidalgo de Fuenlabrada, que vendió el caballo para comprar la cebada» o como decía un peninsular cazurro de León como «al sacristán de Villamulas, que empeñó los chorizos para pagarse las bulas». Tales buenos cristianos gastaban sus pocos dineros en el diploma papal y luego no les alcanzaba para una miaja de carne.

A Ibú, de familia vegetariana quizá por motivaciones hinduistas de respeto a la vida animal y sobre todo poquísima liquidez —aunque él como renegado no se echaba atrás delante de un chorizo de Teror—, a Ibú le hilarizaba que untando al clero, el pecado de la carne dejara de serlo.

También, el que para celebrar la primera hostia que te dan en la vida, preludio de muchas otras, toda la tribu lo festejara, de belingo en restaurantes de postín con grandes ágapes, mazurca colectiva incluida, con los varones más revoltosos de la tribu, celebrándolo como una despedida de soltero, cerrando para ellos solitos una barra americana donde darse gustirrinín.

El que se encarnara en un ave la energía celestial que hiciera madre a la Virgen, le parecía el colmo del surrealismo, ante la sorpresa de sus troncos apostólicos-alcohólicos-romanos, a los que el ingenuo Ibú les parecía con tales disquisiciones un abominable coleguita de Belcebú.

Y es que la percepción de los dogmas y valores de culturas diferentes es tan radicalmente distinta y antagónica que cuando Ibú dejaba caer que las corridas de toros, para grupos radicales hindús eran un deicidio sacrílego de consecuencias imprevisibles para la humanidad, la hilaridad de sus oponentes dialécticos era aún mayor.

Tanta como cuando contaba que, de pibito en Indonesia, murió su padre, y tras flambear su cadáver en la pira sagrada y mandar por correo certificado sus cenizas a los familiares de la India para que las arrojaran al Ganges Sagrado, a los pocos días, papeando con su madre y hermanos el consabido arroz al curry; una ratita blanca y negra, como vaca de leche, apareció en la puerta muy decidida y como quien sabe el camino cruzó el comedor, luego un patio ajardinado y llegando al dormitorio se subió a la cama matrimonial y allí reposó el cuerpo un buen rato, la cabecita reclinada en el almohadón. Su madre, con unción religiosa les dijo:

«No os mováis, no la asustéis que es papá atraído por el recuerdo de sus tiempos de vividor, que vuelve al dulce hogar».

Al rato, la ratita se bajó del lecho y se fue perdiéndose entre los matorrales cercanos a la casa a seguir su nuevo destino de roedor blanquinegro.

Las lágrimas humedecían los rostros de los comedores de curry, emocionados ante la evidencia del milagro. Esta última historia familiar, que solo contaba a los colegas de birra de mucha confianza, respetuosos en su presencia, a sus espaldas desataba chistes y ocurrencias aún más hilarantes que las que las historias del Limbo inducían a Ibú.

Tan diferentes mitologías generan geografías y culturas diferentes y lejanas y tanto influyen en el destino de los hombres que Ibú y su sino no fueron ajenos a su influjo.

Al fin, el ajedrecista procedente de una cultura donde según él los intocables eran menos que un insecto o un ratón, y donde los que no tienen donde caerse muertos se juntaban a expirar en las estaciones del tren ante la indiferencia general..., un país donde contaba:

—Allí en Bombay y en Calcuta cuando yo era chinijo se anunciaban en la prensa, en las ofertas de empleo, a los vendedores de sangre, de riñones y otras vísceras de casquería, y se daba por hecho que había remotas aldeas donde el que no ha vendido un riñón es un paria que no tiene lo que hay que tener, como dicen ustedes; además todos nos creíamos el rumor sobre mafias de desguazadores de cuerpos vivos o muertos para suministrar repuestos a la carrocería carnal de los millonarios americanos..., que por cierto también hay aquí drogotas que enseñan la cicatriz de haberles sacado un riñón aprovechando su estado soporífero....

Toda esa mitología cultural mamada en su infancia y adolescencia, que en occidente se insinúa en las llamadas leyendas urbanas; le jugó una mala pasada. Ibú fumaba tres paquetes de rubio al día, andaba lo mínimo, solo papeaba casquería de pollo al curry con arroz, cocinado con aceite de palma o de coco, cuando papeaba.

Vivía estresado por motivos varios, entre otros su virginidad a los cincuenta tacos. Nunca fue galán y le amedrentaba el cuerpo a cuerpo con las putas desde que una callejera de playa del Inglés, de voz dulcísima y contoneo grande, le contrató por mil pelas de entonces, un revolcón en su nicho de amor cutre en un apartamento de los Molinos, junto a la viuda de Franco.

Allá fue nuestro hombre dispuesto a perder el virgo de una puta vez. En el nicho de amor de la putita, el Pequeño Gandhi —que así le decían algunos— se empelotó muy nervioso como novato y canica a la vez. Lo mismo hizo la putita grandaza que le sacaba medio metro. Todo iba a las oscuras, pues por primeriza le suplicaba.

—No des la luz, mi amor, que me muero de vergüenza, que de tan novata en buscarme la vida soy muy vergonzosa y muy mirada.

Empezaron los torpes tocamientos y los encontronazos. Ibú, aunque inexperto, tentó partes corporales que le desconcertaron y alargando el brazo a traición dio la luz.

Mucho le sobresaltó que la Kati tuviera un colgante desmedido..., mas le tranquilizó con un argumento muy cabal:

—Mi niño, esto del clítoris tan desarrollao me viene de familia, de mi mamá y de mi *güela*, tampoco es para tanto que en la misma tele sale que las hienas... también gastan una pepitilla que a su lao mi menda nada.

De nada valieron esas argumentaciones a lo Félix de la Fuente cuando el clítoris despertó y se levantó hasta el ombligo con porte amedrentador y a la puta grandaza se le puso la voz ronca y le dijo.

—Pues sí, acabáramos, sí te digo te engaño, soy una maricona, pero también un tío con un par, y tú no te me escapas... Ibú se vio de pronto virgen por delante y mártir por detrás como San Cleofás, y dispuesto a impedirlo, sacando del bolso del pantalón una navajilla se aprestó a vender cara su honra.

La grandaza se asustó y después de todo, como ya había trincado la pasta de la ocupación, le dejó huir por el pasillo con la ropa y los zapatos en la mano como un Alfredo Landa de la acera de enfrente. Tal panorama de peligrosa ambigüedad le seguía retrasando a sus más de cincuenta tacos el desfloramiento y la iniciación viril.

Estrés también le causaba la magia negra de su familia contra él, la ludopatía que le abocaba a veces a noches al sereno por falta de liquidez, la paranoia de que los señores de extranjería le engancharan de una vez por todas y lo deportaran definitivamente para Calcuta.

El tabaco, el estrés y los sobresaltos derivaron en una angina de pecho de las llamadas de esfuerzo, del contemplador de escaparates: iba caminando lentamente con su bolsa llena de gafas y encendedores y le venía el dolor en el pecho. Se paraba a mirar un escaparate y al poco se le pasaba, y así demoraba ir por su pie a un ambulatorio por si dejaba huellas y daba pistas a los maderos de extranjería. No quería, pero lo llevaron; le dio un infarto de infarto en el coche del Al-Bani, un paisano ruin de Cachemira que se ganaba la vida o la bebida —que era lo mismo— pirateando portes a los mercadilleros peatonales.

Al-Bani haciendo eses etílicas condujo su vehículo al Negrín, ingresando el infartado en cuidados intensivos. Le conectaron al oxígeno, le metieron anticoagulantes y sueros: sintrones y digitales, betabloqueantes y heparinas. Le condecoraron el pecho de parches conectados a desfibriladores, electros y coronografías.

Con los más modernos dispositivos de intervención cardiovascular, le metieron un *sten* para desatascarle la aorta y, como preludio del desguace, le extirparon una arteria del culo y se la pusieron de *by-pass* en la víscera cardiaca.

Al cabo de días abrió los ojos en un cuarto de cuatro camas. Aturdido y sedado, pero ya consciente y oliendo a desinfectantes, se encontró frente a él a un pintor del Parque competidor de ajedrez, un catalán que había heredado de su padre, natural de Jaén, el nombrete de Chulo de Madrid, en los papeles Salvador Infante de las Navas. También el corazón le había jugado una mala pasada, complicada con abundantes hemorragias, consecuencia de la cirrosis etílica.

Le estaban poniendo una transfusión doble, en los dos brazuelos, levantados en pose de crucificado. Cuando con la sangre nueva se le enderezó la cabeza, aunque asirocado, vio enfrente al hindú y empezó a reconocerlo a medias.

—¿Usted no será un indio que gana siempre al ajedrez? —El campeón del jaque mate, también nublado, respondió.

—¿Y tú no serás el pintor del Parque, Salva, el que te hincas los rones en la Viuda? —Los dos celebraron encontrarse vivitos y coleando, aunque poco en lugar tan peligroso para la salud.

Cuando el Chulo de Madrid viró la vista hacia la izquierda, se encontró encamado a otro elemento conocido de la calle: el Pena, también muy devoto de Baco, ronero y andaluz, ocupa de barcas de la Puntilla o de las cuarterías de la playa del Inglés. Aunque afónico, se le entendía.

—Coño, pichas, que nos conocemos *tos* de darle al moyate, a mí me han traído aquí a la fuerza, quillo, por meterme en lo que no me llaman, un joputa *abusaor* me ofreció un ajuste, sacar los escombros de una obra; con razón dicen lo de ¡el trabajo es *sagrao*, no tocarlo! y que, si el trabajo es salud, viva la tuberculosis. Joder con la salud. Del esfuerzo me ha dado el matarile, que de esta no *sargo*.

En la otra cama, muy puesto, se solazaba con el reposo un retórico napolitano con pedigrí, venido a las islas de *pizzero* mayor del reino. De los cuatro era el veterano campeón en tales lides, y se ufanaba de ello, frente a los tres reclutas

—Yo *sono molto fortísimo*, *supraviviente chinco tempos* a *chinco* infartos y *niente* me asusta, *questo per* mí *e* como un *parco riposo* en un balneario de *lusso*..

Los cuatro pasaban el día en amigables y amenas conversaciones. El primero que se calló fue el italiano charlatán. Le sacaron al pobre con los pies por delante, con viuda plañidera y todo dando el cante.

Ibú, aunque bien atendido, no las tenía todas consigo. Sus creencias le predisponían a comerse el tarro con amargas conjeturas sobre un final siniestro. Así lo manifestó a su colega Al-Bani, cuando vino a visitarle.

—Yo soy ilegal, sin papeles, oficialmente no existo, niño, y encima valgo un montón de pasta. Seguro que mi corazón no sirve para repuestos; pero, qué me dices, los riñones, los pulmones, el higadillo, el páncreas, y los testículos, que vaya que si valen, están como nuevos, y no digamos el cerebro, que lo tengo como quien dice como el del chiste de los gomeros, en sin estrenar; aunque tengo leído que si bien solo en China los desguaces están a la orden del día, organizados por el gobierno, en Occidente se dan lo suyo también con ilegales y toxicómanos y en la misma América, en Nueva York, que lo he visto en películas.

Además, en su ausencia de principios cristianos, le parecía lo más natural del mundo. Por eso no pegaba ojo —siempre alerta—, escupía las pastillas por si le anestesiaban para facilitar el operativo, y cuando se sintió un tanto recuperado, aprovechando la noche y que los compañeros de cuarto dormitaban, y no merodeaban celadores y enfermeras, en pijama, y con el pecho lleno de condecoraciones de ventosas engomadas de los cardiocontroles; hecho un *robocop* de cine, huyó, yendo a pedir asilo político a la infravivienda de su nada recomendable tronco Al-Bani, un cutrísimo y destartalado inframódulo comercial, apestoso a orines y vomitinas rancias, ocupado por el sistema de patada en el cancel. Al-Bani, antiguo galán de nórdicas en tiempos mejores, el *sikh* de los sagrados pelambres nazarenos y el turbante rojo, le recriminó su conducta desatinada, pero la aceptó por los beneficios cuando oyó:

—Niño, tú tranquilo, vale, tú me escondes aquí en tu chupano y yo te cedo la merca *pa* que le des salida por las recovas y lo que saques *pa* ti.

A las tres semanas, otra vez fumando dos paquetes, malcomiendo y mal durmiendo en la gedionda mansión del Al-Bani, le repitió el infarto: vuelta al hospital, superación de la crisis, recuperación de fuerzas, paranoia del desguace y segunda salida de Don Gandhi de la Marcha a campo abierto.

Esta vez, como más perito, abrió el armario donde guardaba su ropa y zapatos, se vistió y salió tranquilo, como uno más del personal sanitario; feliz de haberse dado de alta por su cuenta sin esperar a lo peor.

Llevaba las recetas precisas para convalecer a su aire. A la semana ya canqueaba sin ahogaderas, de visitador por los bazares a los que surtía de baratijas, papeaba arroz hervido y verduras con aceite de oliva, y sin sal, bebía agua de Teror y fumaba menos, pero dicen que a la tercera va la vencida.

Un día, en el renqueante fotingo de Al-Bani, distribuyendo mercancía, bajó este con un pedido de gafas de sol. Ibú se quedó en el buga, para su mal, otra vez fumando hondo hasta el fondo, sin atender a las recriminaciones de su colega. Cuando Al-Bani volvió, le encontró tieso; mas, como el murciélago, sin soltar el cigarro del boquino. El Bachi arrancó para el hospital, sin mucha prisa que digamos, viéndose ya príncipe heredero de fruslerías y quincallas, y ya no hubo tercera fuga, pues ingresó fiambre.

El Doctor Quíquere sanando las purgaciones al Sevilla por electromagnetismo

EL SANADOR FILANTRÓPICO

UN CONTRINCANTE DE ajedrez que trató a Ibú sus trastornos cardiovasculares y su adicción al tabaco a base de pases de electromagnetismo fue el doctor alternativo El Quíquere, ex regentador de un puesto de carnicería en el mercado de abastos. Ya jubileta, solía jugar sus partidas a donde Vargas, el fotógrafo de medio siglo de Parque, y cambiar diálogos y sobre todo monólogos en aquel mentidero permanente de alegres desocupados.

El Quíquere, ya de antes de echar el cierre a su negocio, y dejándose llevar de sus inclinaciones, que no eran otras que hacer el bien a todo prójimo que se dejara, había abierto en un piso de la calle la Naval un consultorio de médico alternativo, que lo bueno que tiene es que no hay que ir a la facultad a titularse.

En un piso grande, la sala de espera reflejaba mucho y bueno de la orientación sociopolítica del doctor. Enmarcados con mucho fundamento colgaban de la pared grandes retratos de Franco, de Hitler y de Pío XII, todos con dedicatoria, aunque para un mediano observador se diría que la letra era de uno de los tres...; ¿de Hitler?..., ¿del Papa?.., ¿del otro?..., ¿del Quíquere? A nivel más modesto, un simple póster plastificado mostraba la estampa marcial de uno de sus héroes de actualidad, con majestuoso, formidable bigotazo y tocado, como caballero cubierto, con un tricornio.

Y dice mucho y bueno también sobre el protagonista de esta historia cierto parecido con un general mitológico de la época legendaria del Guerrero del Antifaz con apellido de moneda francesa anterior al euro.

El Quíquere compaginaba sin pegas la ilusión de sanar a la humanidad con la de sanear las cuentas corrientes. Proclive en las tertulias del Parque a platicar sobre enfermedades y trastornos varios, nunca faltaba el tertuliano devorado por una úlcera pertinaz, el abrasado de los bronquios por los Kruger, el dudoso superviviente de un infarto, el menopáusico con problemas de encontrársela en momentos transcendentales, el invadido por la expansión adiposa hasta no poderse ver el instrumento, el baldado por la artrosis o el reuma, el amedrentado por la hipertensión maligna o corroído por el inasequible, más que malestar, mal sentar de iracundas almorranas....

Esos tertulianos eran el objeto de interés sumo por parte del doctor alternativo, quien enseguida tiraba de tarjeta y les ofrecía gratis las primeras sesiones de electromagnetismo, mano de santo que lo mismo valía para un roto que para un descosido.

Impresionaba mucho —a los primos se entiende— el que obraba en su poder un artilugio de una aleación metálica secreta, con la que el médico de cabecera de Hitler mantenía a este con más de cincuenta bregues[84] hecho un jabato. Contaba que la había adquirido de un alto funcionario nazi a su paso por Las Palmas camino de la Patagonia. Mitómano grande, llegó a confidenciar a algún totorota que el mismo Hitler disfrazado de judío barbudo rumbo a las Pampas se lo había vendido en persona.

Probablemente se trataba de una broma o un timo, aprovechando la veneración irracional que sentía el emérito doctor por ciertos personajes con bigote. El primero que creía ciegamente en la milagrosa aleación era él, pasándoselo por el estómago, con notorio alivio apenas le agobiaba la matunguera de la úlcera, y mucho contribuyó a su autoestima la evidencia de las curaciones. Efecto placebo o no, algunos de sus pacientes posteriores aseguraban haber sanado de sus achaques merced al inapreciable tratamiento de nuestro terapeuta: el marqués de Carabás, portero de cabaret aseguraba haber superado su adicción al *whisky* gracias a los pases electromagnéticos y además a un coste módico; a un buscavidas conocido como el Ballenato le había sanado de la bulimia, lo que le supuso un considerable ahorro en gastos de alimentación; al Pirulas, un macarra del Muelle Grande, le había regulado el azúcar con el consiguiente incremento de la virilidad; a un tal Ramón, un extremeño al que la indigencia le había acarreado un principio de tisis en el pulmón, cinco sesiones magnéticas y el dejar de fumar le habían devuelto la salud y además sin pagar un duro, pues el Quíquere a los indigentes no les cobraba, así como a los poderosos les intentaba sonsacar en la factura. Todo eso le creó un aura de benefactor de la cual se sentía muy ufano. Y todo eso empezó como una broma de desocupados para entretener el tiempo.

En el mentidero de las partidas de naipes al aire libre, algún ocurrente, inspirado por las alusiones del Quíquere a su artilugio metálico con poderes, planeó la farsa y el primer *performance* lo escenificó un andaluz en copas, el Sevilla, que jugando al ajedrez simuló caerse por el suelo como presa de un ataque de algo. Sus compinches, simulando súbita alarma, llamaron al Quíquere, que en prevención de situaciones inesperadas llevaba siempre consigo el hierro santo con la carga magnética de haber resobado los lomos del Fuhrer.

El Sevilla, tras gratificarse gratis con algunos masajes en diferentes partes del cuerpo, como muy chungo y vacilón se señalaba la bragueta con zumba.

—Picha, aquí también me duele, mi *arma*. —A su tiempo se incorporó gritando—: Milagro, milagro, por la gloria de mi madre! —Ni más ni menos lo que esperaba oír el Quíquere.

Desde entonces, durante varios años, todas las semanas trataba con éxito bien un coma etílico, un cólico hepático, una crisis nerviosa, un ataque al corazón, una crisis asmática, una resaca, una jaqueca, un reúma; posiblemente más o menos fules por supuesto, pero coadyuvantes para que abriera su consultorio alternativo dispuesto a erradicar todas las enfermedades del mundo. Luego vino el pregón de sus sanaciones por los recuperados seguramente por el efecto placebo.

Un día, un destacado ajedrecista orondo, con arrobas de baña, oyó contar al mismo Quíquere que sus pases magnéticos habían inducido una pérdida de peso muy saludable a sus pacientes obesos. Como hay gordos que se apuntan a todo lo que salga en televisión, en las revistas, por Internet o en las farmacias prometiendo esbeltez y cinturita, y como prosperan acompañados —su señora daba en romana más de cien y su unigénito de doce pasaba de ochenta—, a la vez galante y prevenido, fiel al eslogan de las damas primero, llevó a la suya al consultorio de la Naval, cauteloso por lo de las ondas radiactivas.

El Quíquere, tras desnudarla en una camilla y tantearle el *body* por los sitios más despenseros, según tradición hipocrática —que tonto no era—, exageró la gravedad del caso, la pesó y añadió cinco kilos de más en los datos clínicos, para así embaucarla con cinco menos para la próxima consulta. Le recetó el régimen de la mantequilla de Soria:

—Puede comer toda la que le apetezca, verá como le quita el jilorio, pero no pruebe nada más. —También le aseguró—: Mire usted, señora de Gordillo, todavía está a tiempo de evitar una irreparable pérdida, eso sí, sin un mínimo de 10 sesiones magnéticas, a más tardar en un año o dos me temo que su familia la echará de menos.

El orondo seguía la evolución del caso muy atento y cauteloso, como los antiguos reyes esperaban la prueba del esclavo, para hincarle el diente a la pitanza.

Su paciente espera no le dio tiempo a comprobar nada. A los tres meses el Quíquere ya no se dejó ver más por el Parque. Luego se supo que se mudó a residir más lejos. Al parecer se había establecido a lo grande en un adosado lujoso del cementerio de San Lázaro.

Cabrerito de Pucela gratificado con una herramienta en su performance escultórica

LOS TOREROS DE CATALINA PARK

EL QUE EN PAZ DESCANSE, sindi Ibú, que entre partida y partida de ajedrez, camelado por la labia del Quíquere, se dejó bajar la plusvalía de la cartera con más eficacia que la tensión arterial, en los años 70, joven y recién llegado a la isla también se dejó sorprender por el arte de la tauromaquia con la súbita visión de tres matadores de toros haciendo el paseíllo por el Parque. Luego jugó frecuentes partidas al chamelo con el que figuraba en los carteles ya como El Cabrero o como Cabrerito de Pucela, su instructor y guía en los principios y fundamentos que no deben faltar a un castizo aficionado. Y es que en los primeros años setenta Las Palmas se volvió artificialmente taurino surrealista.

Se inauguró plaza de toros en el Tívoli, a la salida hacia el Sur y en consecuencia vinieron empresarios taurinos, toros y toreros. Entre estos últimos, José Mata, torero de cartel, canario además, de la Palma, muerto por asta de toro, y novilleros como El Troni y el Cabrerito.

A los tres se les vio repartiendo propaganda, vestidos de luces, en la esquina de Ripoche al Parque, cayéndole —esa postal de colmado andaluz— tan surrealista como a un Cristo dos pistolas.

Los tres fueron retratados por las cámaras de los turistas y acabaron en cinta, en el buen sentido..., de vídeo, y los tres dieron la nota —entre panderetera y cañí— en el ya abigarradísimo paisanaje urbano del Parque.

Mata toreó con éxito en su tierra y luego —ya espada de cartel— murió destripado por un toro en una plaza de la Península cuando ya la gloria y la fortuna se rendían a sus pies.

El Troni, mejicano pizpireto a lo Minuto de Triana, el pelo, una catarata de flamencos caracoles, lidió novilladas en el Tívoli y en el Sur, con más arte que valor, y durante años dibujó buenas caricaturas y retratos, ambulante por el Parque. En ocasiones, no de chalina y chambergo a lo Montmartre, sino en traje de luces, escenificando algo así como el dibujante-torero...; después de todo ya triunfaba en los cosos el bombero-torero.

El tercero, Cabrerito de Pucela, se amigó de casualidad con los colegas del Papi —la versión de Lolita en masculino—, mereciendo de ellos el alias de Cabroncete de Pucela. Y el Papi de la famosa hamburguesería, más de cuatro noches, de recién llegado, canino y boqueras, le mató el jilorio convidándole a perritos calientes.

El Cabrerito, empaque torero, hechuras entre Juan Belmonte y un Manolete venido a menos, con mucha escuela del foro, de maletilla y de feriante, camareta a veces en los mesones del Madrid antiguo, advirtió pronto posibilidades de promoción económica en la marabunta del Parque y alrededores.

En restaurantes modestos como el Jeremías, el Avión, el Camello... pedía el plato único: escudella catalana, acaso un rehogado de moros y cristianos, bien una ropa vieja, un pescadito con papas arrugadas o un arroz a la cubana, quizá una paellita.

Luego, con ya los últimos relieves en el plato, se encaprichaba de un postre, y mientras hacían la comanda de este, se abría con el mayor empaque y naturalidad del mundo.

Si alguna vez le pillaban el renuncio, lamentaba su despiste y pagaba en plan señor con generosa propina de caballero. Así, con el registro del carpanta, haciendo el simpa[85] mudando de restaurantes y rangos de camarero, se pegó un año a la espera de lucirse en un cartel taurino.

Era tanta la afluencia de comensales, sobre todo a horas punta, tan generosas las cajas y las propinas, que aseguraba:

—En mi puta vida me he topado una feria tan fetén para montárselo con el registro del carpanta.

El de camarero *full* también le resultaba *chupao*. En un santiamén se prendía la pajarita negra sobre la blanca camisa y cobraba la cuenta en un velador de libadores de *whisky* o de cava, aliviándose en el laberinto de personal en disputa o aguardo por una mesa en tiempos de jauja en las terrazas del Parque.

Logró lidiar dos novilladas sin pena ni gloria. Una nube en un ojo, secuela de una cogida en el coso de Chinchón, le hacía burriciego, mala ayuda para visualizar bien los pases, eso decía.

Pero la nube no le impidió visualizar una cartera maletín en el catre de un inspector de hacienda viciosillo, y bien empaquetado, y con aquel tesoro pleno de recibos fetén se lo montó de *full* y cobró los tributos del fisco en numerosos locales con diligencia de probo funcionario.

Después de triunfar en el Parque con tales industrias, ya quemado el territorio, antes de que lo atraparan, se quitó él de en medio rumbo a la Playa del Inglés, donde abrían una plaza taurina de novilladas domingueras y de becerradas para disfrute de los chonis embestidos por inofensivos chotos lechales.

Al no salir adelante ni como novillero, ni como profesor de tauromaquia para suecas, dio en imitar a un inglés que en el paseo del faro de Maspalomas con el registro de hombre estatua, dorado de purpurina, hacía ya de Neptuno o ya de Zeus jupiterino y le rebosaba el parche. Cabrerito de Pucela, marcando músculo, de túnica por sus partes, rostro y tórax maquillados de marmolina, ensayó una pose de estatua romana, que por cierto le salía un poco torera.

El primer día, no mucho cayó en el plato, salvo un pico de peoneta —¿navideño regalo de reyes?— que después de todo pulió a unos chapuzas y le puso cena.

El segundo, contadas perrillas, sí en cambio una señora pala. Aquello ya le pareció que iba con segundas; pero, bueno, la pasó también a los chapuzas. Ya se veía de ferretero al por menor.

Otra noche, desde su hieratismo de estatua que apenas respira ni parpadea, si cabe, más aperreado que darle al pico, sorprendió a unos galletones poniéndole un azadón junto al plato. La imagen cobró milagrosamente movimiento ante la sorpresa de los turistas, que vieron que además era la estatua de un cabal soldado romano por la hostia que arreó a uno de los mataperros rezagados del azadón.

El Cabrerito, cayendo en que de escultor tampoco iba a hacer carrera, se regresó a los Madriles. Veinte años después volvió por el Parque hecho otro hombre, en plan señor, como viajante-representante de menaje de cocina para una reputada empresa y se encontró con viejos amigos, entre ellos el Papi, el *hippie* legendario, la Lolita Pluma del género masculino.

¡Qué desengaño! Al Papi no lo reconocía, el tiempo se había llevado sus grandes melenas acaracoladas, la navaja del barbero sus rotundas barbas de profeta, los compraventas de oro y los tirones de los chorizos su collera de trallas de colorao[86] al cuello, sus estampadas camisas de seda, por defuera, a usanza ibicenca, tan floreadas, se habían tornado vaqueras cutres, su antigua y noble planta de galán guanche y discotequero desbordaba ahora el vientre de buda por la camisola desabrochada. Sus lustradísimos botines cubanos café con leche los suplantaban unas Adidas atufadas y viejas. En lugar de regentar su famosa hamburguesería, ahora, muy venido a menos, enfocaba a los turistas encandilándoles a la voz de: televisión, televisión, luego la diminuta foto de la *polaroid* instantánea intentaba vendérsela montada en un llavero, todo en plan cutre, y al igual que el Papi todo había cambiado... para peor.

Las maduras nórdicas, aves de invierno, que sentadas con sus gigolós componían ya antaño una estampa materno filial, ahora, con el rostro desencantado de la maga Morgana posaban —como arrugadillos de la cuarta edad— de abuelitas «mamás de azúcar» de gigolós. ¿Acaso los vástagos de sus antiguos picadores?

Tanta decadencia le entristeció con la dulce melodía interior de aquellos tangos que había bailado en las Cuevas agarrado a lozanas y desnudas carnes rubias, aquel tango de Gardel que dice: «sentir que es un soplo la vida, que veinte años no es nada...», o el que canta: «volver con la frente marchita ... las nieves del tiempo platearon mi sien...».

Había cambiado todo y no para bien, hasta los nombres de las terrazas: ¿dónde estaban el Guanche, El Peña, El Casablanca, el América etc.?, solo aguantaba el emblemático e incombustible Derby. Se habían esfumado los antiguos, buenos camareros de raza. Ya no quedaban alegres y parranderos músicos, pintores bohemios, ni acróbatas, titiriteros o faquires. Los *hippies* se habían volatilizado. Lolita Pluma y el mago del timple de Teror, que cantaba a las turistas el conejo de la Loles, habían pasado a la historia. Y de las inmediaciones del Parque habían desaparecido las salas de fiestas y bailongos: el Flamingo, La Cacatúa, El Molino, El Pato, La Perla, El Cancán, el Elvis, etc.

En lugar de bandadas de garcetas nórdicas de dieciocho, vio como símbolo de una época nueva y más dramática y desgarrada, preludio de futuras crisis, las turbas de infelices morenos supervivientes heroicos de las pateras acampando como un ejército de desheredados sobre los parterres del Parque. Y donde antes cantaban y bebían marineros de todos los mares y turistas de todos los países, solo vio otros africanos —tampoco muchos— siguiendo el fútbol en las teles del Central y del Derby y se recordó, cual compadrito de la Cumparsita, de los tangos de Gardel. Y de haber sido un gentilhombre cultivado habría podido evocar el "¿qué se hizo de las damas de antaño?" del enorme poeta golfo y francés Francisco Villón; por cierto, un rato largo más palanquín que él.

150   FRANCISCO JAVIER GÓMEZ GUTIERRE

Y punto final: el Papi como fotógrafo de Polaroi en el ocaso del Parque.

ÍNDICE

EL SANADOR FILANTRÓPICO

LOS TOREROS DE CATALINA PARK

---

[1] CHINIJO: NIÑO.

[2] Pibito: niñito.

[3] Guagua: autobús.

[4] Pibe: niño.

[5] Jilorio: hambre; sensación de malestar en el estómago producida por ganas de comer.

[6] Cambulloneros: contrabandistas.

[7] Choni: turista extranjero, especialmente de habla inglesa.

[8] Jiñera: jaula.

[9] Alpispa: pájaro endémico de Canarias del tamaño de un canario.

[10] Rocote: pescador de bajura, también llamado costero.

[11] Totorota: dicho de una persona, atontado, abobado.

[12] Maúro: persona que vive y trabaja en el campo.

[13] Dar la negra: timo, engaño.

[14] Tanga: reclamo.

[15] Palanquín: golfo.

[16] Laja: golfo.

[17] Baña: gordura de vientre; grasa abundante, sobre todo abdominal.

[18] Rabero: acosador sexual en los apretones.

[19] Carnaje: gordura.

[20] Belingo: fiesta, jolgorio, jarana.

[21] Disparando: pasando heroína.

[22] Naife: cuchillo o navaja grande.

[23] Picoleto: guardia civil en caló.

[24] Tranques: asaltos típicos de las islas mediante llaves de "lucha canaria".

[25] Cobijar: en Canarias, hacer el amor.

[26] Panza de burro: cielo nuboso y sin sol, más propio del verano.

[27] Timple: instrumento musical de cuerda canario.

[28] Belingo: juerga.

[29] Repentista: improvisador oral de versos y canciones.

[30] Jerol: cara

[31] Jariento: jaro, pelirrojo.

[32] Pinreles: pies en caló

[33] Privarse: emborracharse

[34] Guaracha: tipo de calzado que elaboraban los hippies.

[35] Por toda la jerol: por toda la cara.

[36] Machango: Persona de poco seso y ridícula.

[37] Quíquere: gallo de pelea canario; y por extensión, el mocito chulo.

[38] Chenchos: pies.

[39] Bobilín: tonto, necio, imbécil.

[40] Ajumaos: borrachos.

[41] Cheiro: olor (proviene de los marineros gallegos ubicados en el puerto de La Palmas).

[42] Abuten: (gitanismo), como fetén, muy bueno, estupendo.

[43] Curia de tenderete: pandilla de juerguistas.

[44] Canqueaba: caminaba (expresión del canario callejero).

[45] Pasapán: gaznate

[46] Tolete: lerdo, tardo y torpe para comprender.

[47] Picareta: en canario de puerto, la bebida y la borrachera.

[48] Engodo: cebo para los peces (voz muy usada en Canarias).

[49] Bastes: dedos

[50] Ful: en caló, falso.

[51] Julián: primo.

[52] Julais: primos.

[53] Fotingo: automóvil viejo y destartalado.

[54] Sorna: oro (en caló).

[55] Colorao: oro (en jerga).

[56] *Lima*: en germanía, camisa.

[57] Astilla: comisión.

[58] Lechera: coche policial.

[59] Madera: policía armada.

[60] Pasma: policía secreta.

[61] Catire: en venezolano, rubio.

[62] Enyesques: pequeña porción de alimento que acompaña a la bebida.

[63] Artemi: tipo de licor canario.

[64] Baraca: suerte en árabe.

[65] Jalufo: cerdo en árabe.

[66] Zahúrda: pocilga (germanía).

[67] *Peruco*: pera pequeña.

[68] Aguililla: legionario de segunda, porque no hay tercera.

[69] Morrúo: en canario callejero, estúpido.

[70] Godo: denominación del peninsular, visto con cierta animadversión o xenofobia.

[71] Mangui: golfo.

[72] Brava: en caló, la palanqueta.

[73] Majara: loco, en jerga marginal.

[74] Alares: en caló, pantalones.

[75] Chorba: una joven de bajo nivel socioeconómico.

[76] Charda: nombre con que feriantes y quinquilleros denominaban a las ferias del santo Patrón de ciudades y pueblos grandes.

[77] Catalino: término barriobajero para referirse a los catalanes.

[78] Matunguera: canarismo usual hace 30 años en el Parque, se refiere a retortijones de estómago por los nervios o el estrés.

[79] Acais: ojos (en gitano y en lo que se llamaba "hablar caliente").

[80] Chachi: bueno (término callejero más frecuente en Canarias que en la Península).

[81] Feliciano: denominación vulgar humorística para referirse a la coyunda sexual.

[82] Pelucos: relojes.

[83] Burlangas: jugadores.

[84] Bregues: en caló, años.

[85] Simpa: "hacer un simpa" es irse de un sitio sin pagar.

[86] Colorao: cadenas de oro.

About the Author

En cuanto a mi curriculum, soy licenciado en Historia por la universidad de las Palmas y aunque he desempeñado numerosas actividades, las relacionadas con la literatura o el arte son 4 años como caricaturista, humorista gráfico y articulista en el diario la Noche de Santiago de Compostela y últimamente un año en el extraordinario de los domingos con relatos sobre personajes reales con la caricatura de los mismos, en las páginas culturales del diario Canarias7 de las Palmas. Me han publicado en numerosas antologías relatos o poesía presentados a concursos, editado también por ganar el primer premio de la Convocatoria de la Fundación Mafre Guanarteme de Arucas remunerado con 2.000 euros, un original entre novela corta y relato, titulado la leyenda dorada de Lolita Pluma. Un texto con 20 relatos Historias de Catalina Park, con ilustraciones mías, publicado por la editorial canaria Nace, el más vendido de esa editorial en las ferias del libro locales, pero solo con distribución en Canarias. .Mi medio de vida más habitual y emparentado con la literatura, ha sido como retratista al pastel, caricaturista y dibujante de comic para turistas en las playas y centros vacacionales de diversos países, preferentemente las Canarias y la Costa del Sol. Mantengo página en Facebook, Twitter, Linkedin, Instagram, blog y en las islas contactos para presentaciones y numerosas librerías donde he vendido Historias de Catalina Park.

About the Publisher

www.ingramcontent.com/pod-product-compliance
Lightning Source LLC
LaVergne TN
LVHW020331200726
843507LV00012B/2320